Karl Valentin
Die alten Rittersleut

SERIE PIPER
Band 2027

Zu diesem Buch

Das Lied von den »Altn Rittersleut«, wie sie auf der Burg von Grünwald gehaust und es ihnen vor nichts gegraust hat, ist bestimmt einer von Karl Valentins populärsten Texten. Er gehört zu dem umfangreichsten Projekt, an das der geniale Komiker viele Jahre seines Lebens gewandt hat: »Die Raubritter vor München« sollte immer ein großer Film werden, aus Mangel an finanziellen Mitteln konnte Valentin aber immer nur einzelne Szenen oder Revuepassagen daraus realisieren. Aus dem Textbestand der neuerarbeiteten Gesamtausgabe der Werke können in diesem Band erstmals alle Ritterszenen und -lieder Valentins zusammengestellt werden, in denen sich seine Meisterschaft erweist, Historie und akute Gegenwartskomik zu einem einzigartigen, grotesken Gesamtkunstwerk zu verschmelzen.

Karl Valentin (1882–1948), sein Werk erscheint im Piper Verlag.

Helmut Bachmaier, geboren 1946 in Stuttgart, ist Herausgeber der im Piper Verlag erscheinenden Gesamtausgabe der Werke Karl Valentins. Er ist als Professor in der Fachgruppe Literaturwissenschaft der Universität Konstanz tätig.

KARL VALENTIN

Die alten Rittersleut

Szenen und Couplets

Herausgegeben und mit einem Nachwort
von Helmut Bachmaier

Piper
München Zürich

Von Karl Valentin liegen in der Serie Piper
bereits vor:
Das Valentin-Buch (370)
Die Jugendstreiche des Knaben Karl (458)
Der Jaguar, der Jaguar (790)
Ich hätt geküßt die Spur von Deinem Tritt.
Musikclownerien. Hrsg. von Karl Riha (863)
Kurze Rede langer Sinn. Texte von und über Karl Valentin.
Hrsg. von Helmut Bachmaier (907)
Klagelied einer Wirtshaussemmel (995)
Karl Valentins Filme.
Hrsg. von Michael Schulte und Peter Syr (996)
Mögen hätt ich schon wollen,
aber dürfen hab ich mich nicht getraut!
Hrsg. von Helmut Bachmaier (1162)
I sag gar nix. Dös wird man doch noch
sagen dürfen! Hrsg. von Helmut Bachmaier (1783)

ISBN 3-492-12027-X
Originalausgabe
Januar 1995

Umschlag: Federico Luci,
unter Verwendung eines Fotos von Karl Valentin
als Mars in »Drei Stunden im Himmel«
(Münchner Stadtmuseum)
Gesamtherstellung: Clausen & Bosse, Leck
Printed in Germany

Inhalt

Ja so war'ns die altn Rittersleut

Ein uralter Rittersong mit neuen Versen – v. Karl Valentin 1940

Der Vortragende ist mit Wamps und Ritterhelm kostümiert.
Maske: Dicke Nase und riesiger Schnauzbart.
Die drei letzten Zeilen von jeder Strofe werden eventl. vom Publikum mitgesungen.

1

Da herunt' an diesem Ort
Sicherlich – mein Ehrenwort
Da ha'bn edle Ritter g'haust
Denen hat's vor gar nix g'raust.
REFRAIN: Ja, so war'ns, ja so war'ns
Ja so war'ns die alten Rittersleut,
Ja so war'ns, ja so war'ns, die alten Rittersleut.

2

G'suffa hab'ns und dös net wia
Aus die Eimer Wein und Bier
Hab'ns dann als zamm g'suffa g'habt
Dann san's unterm Tisch drunt' g'flackt.
REFRAIN: (wie beim ersten Vers!)

3

Auch für Wein, Weib und Gesang
Schwärmte jeder Rittersmann
Schwärmt er für Gesang allein
Musst' er schon ein Siebz'ger sein.
REFRAIN: (wie beim ersten Vers)

4

So ein früherer Rittersmann
Hatte soviel Eisen an
Die meisten Ritter, i muass sag'n
Hat deshalb da Blitz daschlag'n.
REFRAIN: (wie oben)

5

Jeder Ritter allbekannt
Trug a ganz a blechers G'wand
Hat er sich a Loch nei'griss'n
Hat's der Spengler löten müss'n.
REFRAIN: (wie beim ersten Vers)

6

Ritt ein Ritter auf dem Ross
War das Risiko oft gross
Hat so a Ross an Hupf'rer do
Lag im Dreck der gute Mo.
REFRAIN: (wie beim ersten Vers)

7

Hat ein Ritter den Katharr
Damals war'n die Mittel rar
Er hat der Erkältung trotz[t]
Er hat g'räuschpert, g'schnäuzt und g'rotzt[.]
REFRAIN: (wie beim ersten Vers)

8

So ein früh'res Ritterwei
War dem Manne niemals drei
Dem Ritter war das einerlei
Der war auch nur halbedrei.
REFRAIN: (wie beim ersten Vers)

9

D'Ritter, die war'n lustige Leut
In der guat'n alten Zeit
S'war ja no a schöner's Leb'n
S'hat no koa Finanzamt geb'n.
REFRAIN: (wie beim ersten Vers)

10

Meck'rer gab's in alter Zeit
Damals nicht soviel wie heut
Denn das Leb'n war damals schön
S'hat auch nix zum Meckern geb'n.
REFRAIN: (wie beim ersten Vers)

11

Friedlich war'n die Ritter nicht
Hielten es für heil'ge Pflicht
Schwertgeklirr war ihr Symbol
Nur im Kampf war ihnen wohl.
REFRAIN: (wie oben)

12

D'Ritter war'n auch sehr reinlich
Jeder Dreck war ihnen peinlich
Waren auf sich selbst bedacht
Selten hab'ns in d'Hos'n g'macht.
REFRAIN: (wie beim ersten Vers)

13

Bayern's Ritter waren kühn
Ritten einmal nach Berlin
Ritten bald drauf wieder heim
Was mag da gewesen sein.
REFRAIN: (wie beim ersten Vers)

14

Wenn die Ritter lange ritten
Hab'n sie sich oft aufgeritten
Ach der Wolf tat gar so weh,
Schrieen oft Herjemine.
REFRAIN: (wie beim ersten Vers)

15

Und der Ritter Habenichts
Der hat nämlich wirklich nichts
S'einz'ge, was der Ritter hott
Ist ein c[h]ronischer Bankrott.
REFRAIN: (wie beim ersten Vers)

16

Vom Färbergrab'n die Rittersleut
Leb'n nicht mehr, seit langer Zeit
Nur die Geister von densölben
Spuken Nachts in den Gewölben.
REFRAIN: (wie beim ersten Vers)

Raubritter vor München

Historische Gaudi in 2 Akten von Karl Valentin u. Lisl Karlstadt.

Dauer: Beide Akte mit einer Minute Zwischenpause 1 Stunde.

Personen:

Joseph Kratzer, Hauptmann der Bürgerwehr und Malermeister, ungefähr 50 Jahre alt, gemütlich.
Georg Bergmeister, Korporal der Bürgerwehr und Schustermeister, gemütlich, dumm.
Aktuar Hinterberger . . . . feiner Beamter, mittlerer Jahre.
Bene, der Wachtposten, Bader und Trompeter der Bürgerwehr, unbeholfener Mensch, Karl *Valentin*.
Michl, der Tommelbua . . . 16 Jahre alt, listig, frech, Lisl *Karlstadt*.
Nachtwächter . . . . ganz alt, mit Bassstimme.
Polizeidiener . . . . mittel, grantig.
Metzger . . . . 20–30 Jahre alt.
Fuhrmann . . . . alt, Bauer.
Soldaten und Musiker der Bürgerwehr.

Spielt in der guten alten Zeit.
Ort: Alt-München,
hinter der Stadtmauer beim Isartor.

I. AKT

(Bühne halbdunkel, Laterne brennt – Glockengeläute sämtlicher Kirchenglocken [Lautsprecher] – während des Läutens geht Vorhang langsam hoch, wenn er oben ist, bricht Glockenläuten ab und es schlägt 6 Uhr – darauf Auftrittsgesang des Nachtwächters:)

I. Scene

»Hört Ihr Leut und lasst's Euch sag'n, die Glocken vom Turm hat 6 Uhr g'schlag'n, stets's auf, geht's in d'Arbat, 's is 6 Uhr vorbei, denn Morgenstund hat Gold im Mai, hat Gold im Mai!« (*Kommt zur brennenden Laterne*) *Spricht*:
Da hab'ns wieder a Latern brennen lass'n, die muss i glei auslöschen. *(Bläst zweimal hin, beim drittenmal zum Licht hinspucken, welches sofort verlöscht – singend ab!)*

II. Scene

(Wache, bestehend aus Korporal, Trommelbua und 2 Soldaten treten auf)

KORPORAL: Wache halt, Ablösung vor! *(geht zum Schilderhaus)*

MICHL: *(trommelt)*

KORPORAL: *(sieht ins Schilderhaus hinein)* Ja, i glaub glei gar, der Bene schlaft. Wieviel Uhr is denn eigentlich?

MICHL: Jetzt is 6 Uhr.

KORPORAL: Der Bene wird doch erst um 7 Uhr abgelöst.

MICHL: Freilich wird er erst um 7 Uhr abgelöst, das hab ich schon g'wusst, dass ma um a Stund z'früh rausgsaust san!

KORPORAL: Warum hast denn dann nichts g'sagt?

MICHL: Ja ich hab glaubt, du wirst scho selber draufkommen.

KORPORAL: Dummer Bua, gel das lasst aber fei 'snächstemal bleib'n, sonst nimm ich dich bei deine Löffel, sprengt uns der a Stund z'früh raus! *(Wache schimpfend ab)*

III. Scene

MICHL: *(schaut ins Schilderhaus)* Ja der schlaft wirklich der Bene. Du Bene, – Bene – he – ja gibts denn dös a – *(klopft ans Häusl)*

BENE: Herein!

MICHL: Was herein, was willst denn, hast Du allein kein Platz in der Hundshüttn. Mach geh raus *(zieht ihn heraus)*

BENE: *(im Stehen weiter schlafend)* Wer da?

MICHL: Ja i bin da – 6 Uhr is!

BENE: Was – 6 Uhr is – i werd ja erst um 7 Uhr abglöst *(will wieder ins Schilderhaus)*

MICHL: Ja bleib nur da, sei froh dass ich Dich aufgweckt hab.

BENE: Ja, ich hab jetzt grad einen Traum g'habt, einen ganz exotischen Traum. Mir hat nämlich träumt, i bin a Ent'n g'we'sn und bin in an Weiher umeinand g'schwommen und wie ich so umeinandschwimm, seh ich am Rand draussen einen ganz langen, gelben Wurm, der war mindestens so gelb, i bin glei auf ihn hing'schwommen und grad wie i an Schnabel aufreiss'n will und will den Wurm fress'n, im selben Moment hast Du mich aufg'weckt.

MICHL: Das is aber schad. Wenn ich da eine Ahnung g'habt hätt, dann hätt ich Dir den Wurm zuerst fressen lassen, aber das kann ich doch net schmecken, dass Du um 6 Uhr noch träumst.

BENE: Ja und ich kann doch net zu Dir sag'n, weck mi net auf, weil i träum!

MICHL: Nun ja, es ist ja gleich, ein schöner Traum war's doch net.

BENE: Ja für a Ent'n scho –

MICHL: Ja für a Ent'n, aber Du bist ja koa Ent'n!

BENE: Ja, aber im Traum war ich eine Ent'n; überhaupt für solche Träume bist Du noch z'jung.

MICHL: Du darfst mir ja dankbar sein, dass ich Dich aufgeweckt hab, denn wenn ich Dir den Wurm fress'n hätt lassen, dann wär Dir jetzt höchstens recht schlecht.

BENE: Einer Ent'n wird doch net schlecht von einem Wurm, verstehst Du denn das nicht. Das weiss überhaupt kein Mensch, ob eine Ent'n wirklich träumt, das weiss niemand, das wäre eine zoologische Berechnung und wann's einer Ent'n wirklich träumt, dann kann sie's nicht sagen, weil's net reden kann! Bei einem Papagei wär das was anders, weil der reden kann.

MICHL: Du musst Dir doch denken, das war doch nur ein Traum und Träume sind Schäume.

BENE: Das war kein Schaum, das war ein Wurm und jetzt holst an Kaffee, da hast 15 Kreuzer, Pfennig hats seinerzeit noch keine geb'n, also oan Kaffee, oan für mi und oan für Di – und oan für uns zwoa – im ganzen 5 Kaffee.

MICHL: Ja soll i da mei Trommel mitnehmen oder soll ich's da lassen?

BENE: Entweder Du nimmst es mit, oder Du lasst es da, keinen goldenen Mittelweg gibts da net.

MICHL: Soll ich's na mitnehmen?

BENE: Ja –

MICHL: oder soll ich's da lassen?

BENE: Dös is doch wurscht, jetzt nimmst as z'erst mit und dann lasst as da.

MICHL: Aaa, dann lass ichs schon lieber glei da, dann brauch ich's überhaupt nicht mitnehmen. *(ab)*

IV. Scene

GIRGL: *(Metzgerbursche kommt pfeifend und trägt auf der Schulter eine Fleischmulde mit Würsten, einige sichtbar herunterhängend. Sieht Bene nicht, geht sofort zum Fliederstrauch und riecht daran)* *Spricht*: Ah, der schöne Holler, da werd i mir oan runterreissen.

BENE: Dir werd ich dann glei ein runterreissen, weisst denn Du net, dass ma in der Früh net stehlen darf? *(zieht dem Girgl die Würste von der Fleischmulde runter und versteckt sie hinter seinem Rükken)*

GIRGL: So, dann pfeif i Dir drauf, wennst mir keinen schenkst, dann reiss i halt von da drentn ein runter. Unser Herrgott hat ja Gott sei Dank noch mehr Hollerbäum wachsen lassen.

BENE: Gut, dann reisst Du ihn vom Herrgott sein Baum runter und den mein lasst stehn.

Girgl: Du kannst mi gern hab'n, Du Neidhammel Du neidiga. *(stösst im Abgehen mit dem auftretenden Michl zusammen, der eben mit 2 Milchhaferln und Broten kommt)*

V. Scene

Michl: No Aff, kannst net obacht geb'n?

Girgl: Schau halt auf, dumma Bua! *(Girgl ab)*

Michl: Tua ja net frech werd'n, sonst hau i Dir a paar runter!

Bene: Geh lass ihn doch stehn, reg Dich net auf.

Michl: So jetzt bin ich wieder da. Kaffee gibts heut noch keinen, weil d'Wirtin später aufg'stand'n is. Jetzt hab ich einfach a Milch g'nommen. Das macht doch nichts, das ist doch wurscht.

Bene: Wieso Wurscht? Hast Du g'sehgn, dass i a Wurscht gestohln hab?

Michl: Hast Du Würscht g'stohln?

Bene: Da Metzger war grod da und hätt mir an Flieder runterreissen wolln und da hab ich ihm dann aus Dankbarkeit die Würst g'stohln.

Michl: Wieviel hast'n gstohln?

Bene: Ja eine hätt i stehln wolln und da san die andern dann alle dran hängen blieb'n.

Michl: Wo hast Du sie denn hingetan? Hast es schon gessen? Nein?

Bene: Ja! So was hebt man doch net auf.

Michl: Ich glaub, Du lügst mich an! Tu mal Deine Hand vor! Die andere auch! Jetzt alle zwei, jetzt hebst alle 2 Füss in d'Höh!

Bene: Ja freilich! Dass ich am Arsch hinfalle. *(Hat die Würste zwischen den Beinen eingeklemmt.)*

Michl: So dumm bin ich net, jetzt dreh Dich amal um, dann werden wir's gleich sehen. *(packt Bene, dreht ihn um und sieht hinten die herunterhängenden Würste) Schreit:* Ah, die vielen Würscht *(nimmt sie zu sich)* Die essen wir jetzt! Wenn Du mir die Hälfte davon schenkst, dann sag i niemand was, dass Du's g'stohlen hast.

Bene: Ja die Hälfte kannst haben. *(nimmt den Säbel und will von einer Wurst die Hälfte weg schneiden)*

Michl: Na, na, net von einer Wurst, sondern die Hälfte von alle Würst!

BENE: Also gut, teilen wir! *(von ferne Pferdegetrappel und Peitschenknallen)* Jetzt kommt einer!

MICHL: Versteck schnell die Würst! *(will die Würste an allen möglichen Plätzen verstecken und schiebt zum Schluss die Würste in das Kanonenrohr hinein. Beide nehmen schnell ihre Milchhaferln und fangen zu essen an.)*

VI. Scene

Vorige – Fuhrmann.

FUHRMANN: Ja, ich kann Euch gar nicht verstehen, Jhr trinkt da in aller Gemütsruhe an Kaffee und eine Stunde ausserhalb München ist alles in grösster Aufregung. D'Raubritter stehn vor der Stadt in Berg am Laim.

BENE: Und?!

FUHRMANN: Was – und?

BENE: Ja – und?

FUHRMANN: Und woll'n heut no die Stadt überfall'n!

BENE: Was für a Stadt?

MICHL: Ja unser Stadt halt!

BENE: Die g'hört ja gar net uns!

MICHL: Dir allein freili net!

FUHRMANN: Ja redts doch net gar so saudumm daher. Ich mein, Du als Posten musst jetzt sofort die nötigen Massregeln ergreifen. Ihr habts ja gar keine Ahnung, wie's da draussen in Berg am Laim ausschaut.

BENE: Ja, wir warn auch net draussen.

FUHRMANN: Also Leut', ich sag Euch, zugehn tuts da draussen, net zum Beschreiben. Wie ich heut in der Früh um ½ 4 Uhr in Ramersdorf meine Ross einspann, seh ich schon, dass alle Häuser brennen und d'Felder und d'Wälder in Flammen steh'n. Menschen sind umeinander g'laufen und schreien mir zu: – »in Berg am Laim sind Raubritter, die stehlen, morden, rauben, plündern, bringen alle Leut um und wie ich in Berg am Laim neinfahre, hab ich die Raubritter selber g'sehn. Das sind ganz unheimliche G'sell'n, alle haben so blecherne G'wander und an blechern Hut auf und so grosse Bärt hams und d'Augen stehen ihnen so weit raus, also direkt zum Fürchten. Ja und das Vieh lauft frei umanand, das kennt sich gar nimmer aus.

BENE: Aah — — — — — — —

FUHRMANN: Und an Bürgermeister von Berg am Laim soll'ns scho' aufghängt ham.

BENE: Aah — — — — — — —

FUHRMANN: Also, ich sag Euch, Ihr dürft mir glauben, ich bin halt grad noch mit'n nackaten Leben davon kommen.

MICHL: Ja, warst Du nackat in Berg am Laim?

FUHRMANN: Nein, aber erwischt hättens mich bald. Wie mich d'Raubritter g'sehgn hab'n, da wärn's auf meine Ross zua, ich hab aber sofort meine Peitsch'n g'nomma, hab auszog'n, hab neig'haut... *(lässt die Peitsche knallen, trifft den Michl; Michl stösst den Bene so dass Bene seine Milch verschüttet)* Also Posten *(haut ihm mit der Hand auf das Haferl)*

MICHL: Der war schuld.

FUHRMANN: In der Aufregung kommt sowas schon vor. Also Posten, tu gleich Alarm blasen, trommel die ganzen Soldaten heraus, sperr die Stadttore zu; kümmer Dich um Alles, g'sagt hab ich's Dir!

BENE: Ja, dös is alles ganz recht, aber ich darf in der Angelegenheit gar nichts unternehmen.

FUHRMANN: Wieso!

MICHL: Der Bene meint, ohne dass der Hauptmann etwas anschafft, darf er nichts unternehmen.

FUHRMANN: Das ist ja ein Schmarrn, wer soll's den sonst zusperrn, Du hast doch den Schlüssel als Posten!

MICHL: Ja zusperrn tut scho der Bene, aber erst um 9 Uhr abends.

FUHRMANN: Ja, da ist es aber schon zu spät, bis dahin sind ja die Raubritter schon da!

MICHL: Dö soll'n halt langsamer gehn.

FUHRMANN: Ja, seid's Ihr denn narrisch!

BENE: Das wissen wir nicht!

FUHRMANN: Für was stehst denn Du auf Wachtposten?

BENE: Ich geh halt mit mein Säbel auf und ab, wenns regnet gehe ich ins Schilderhäusl nein und auf d'Nacht um 9 Uhr sperr i zua – und was muass ich noch toa?

MICHL: Und wenns schön ist, geht er wieder raus aus'm Häusl!

FUHRMANN: *(zu Michl)* Was tust denn nachher Du?

MICHL: Ja ich muss dem Bene das Sach holn! Und manchmal muass ich auch trommeln, wanns brennt!

BENE: Wenns brennt, dös sieht der Turmwächter, der schreits uns runter mit'n Sprachrohr, dann trommelt der Michl, dann komma d'Leut und frag'n wo's brennt und dann sag'n eahna wir und dann löschens – – wenns no brennt!

MICHL: Ja und ich muass aber no was toa, i muass immer schauen, wenn eine Hofequipage kommt oder ein General vorbeigeht, dann muss ich es dem Bene sag'n, damit der Bene die Wach rausläutet, weil er meistens schlaft.

BENE: Ja, das ist das einzige, was in meiner Macht steht, die Wach rausläuten, das kann ich Dir zeigen. *(geht zur Glocke und zieht an, a tempo kommt die Wache heraus mit der Musik.)*

KORPORAL: *(kommandiert)* Stillgestanden! Präsentiert das Gewehr! *(Musik spielt dann Präsentiermarsch)*

KORPORAL: *(kommandiert)*: Gewehr bei Fuss. – Ab Tritt! I. mal.

(Wache zieht wieder ab)

FUHRMANN: Ja, das ist ja ganz recht und schön. Du musst doch eine militärische Aktion treffen. Das hat doch gar keinen Wert wenn da die Musik rauskommt und spielt da Täterätätä.

MICHL: Ah! D'Musik, hast Du d'Soldaten gar net g'sehgn? Geh, zieh nochmal an! *(Bene zieht an! Wache zieht zum 2. Mal auf. – Bei Wache trommel[t] Michl jedesmal mit und einer kommt mit Fahne heraus.)*

FUHRMANN: Ja was nützt denn dös, wenn de da rauslaufen, da muss doch jetzt was unternommen werden.

MICHL: Ja, das hat der Bene nur g'macht, weil Du g'meint hast der Bene hat sonst koa Macht. An der Glocken darf nur der Bene anziehn.

BENE: Natürlich, da kann ich läuten so oft ich will, die Wach muss raus und wenn ich hundertmal anziehe. Pass auf! *(zieht an der Glocke. Wache kommt zum 3. mal heraus wie oben.)*

FUHRMANN: Ihr seid doch die 2 grössten Rindviecher, die ich g'sehn hab. Von mir aus fressen Euch die Raubritter mit Haut und Haar. Ich hab meine Pflicht getan, jetzt gehts mich nichts mehr an.

BENE: Und ich hab auch mein Möglichstes getan und mehr wie da anziehn kann ich net. *(zieht wieder an. Wache kommt zum 4. Male.*

Korporal stösst Fuhrmann beiseite. Fuhrmann schimpfend ab. Peitschengeknall und Pferdegetrappel. – Wache geht ebenso schimpfend ab; Korporal bleibt da.)

KORPORAL: Was ist denn dös für a damische Läuterei, da is ja gscheider, mir bleib'n glei heraus? Wer war denn da?

BENE: Der Milchmann war da!

KORPORAL: So – und wegen dem läutst uns Du raus, da hört sich doch alles auf. Nocheinmal wenn mir das vorkommt.

BENE: Ich kann anziehn so oft ich mag und wenn ich anziehe, dann müsst ihr rauskommen.

KORPORAL: Ja, aber nur wenn eine Obrigkeit kommt, sonst nicht. So eine Frechheit, wenn's wieder vorkommt, sag ich's dem Hauptmann. So a Lauferei in aller Früh, in nüchtern Mag'n nei, is a so so ungesund. *(Verärgert ab).*

VII. Scene

Bene und Michl (setzen sich auf die Bank)

MICHL: Du Bene, glaubst Du das, was jetzt der Fuhrmann g'sagt hat von die Raubritter?

BENE: Ah woher, der möcht uns blos Angst machen. Raubritter gibts ja gar keine mehr. Keine Raubritter gibts, kein Osterhasen, kein Christkindl und kein Storch.

MICHL: Ja, dös weiss ich auch!

BENE: Na, Raubritter gibts net und noch dazu solche wie der Fuhrmann g'sagt hat, mit an eisern G'wand und solche Bärt schon glei gar net. Ja, im Nationalmuseum gibts solche, aber die san innen hohl! Ja, böse Menschen gibt's, die wo andere überfall'n, dös san d'Raubritter.

MICHL: Ja, dann gibts ja Raubritter.

BENE: Freilich gibt's Raubritter, aber keine solchen wie der Fuhrmann g'sagt hat.

MICHL: Aber bestimmt kann mans doch net sagen, vielleicht sind no a paar übrig bliebn, von früher her.

BENE: No ja, gwiss weiss mans net.

MICHL: Bene sag amal, wenn solchene Raubritter geben tät, tatst Du dich dann fürchten?

BENE: Ich – fürchten? Ich net – ausgeschlossen! Ausserdem sie täten kommen, dann schon!

MICHL: Ja, da tät ich mich auch fürchten, wenns kommen täten, da tät ich einfach davonlaufen, mi tätens auch net erwischen, weil i gleich so sausen kann... aber unsern Korporal gings schlecht, der kann net laufen, wegen sein dicken Bauch.

BENE: Heut hat er sich scho' g'ärgert, weil er scho' 4 mal rauslaufen hat müssen, jetzt ziehg i extra nochmal an, dass er sich recht ärgert.

BENE: *(läutet) Wache kommt, zieht schimpfend ab! (Korporal bleibt da.)*

KORPORAL: Wer war denn schon wieder da?

MICHL: Der Milchmann!

KORPORAL: Der war doch vorher schon da?!

MICHL: Ja, das ist ihm jetzt nochmal eing'fall'n.

KORPORAL: Jetzt wird's mir aber zu dumm, so eine Gemeinheit, uns andauernd umsonst rausz'läutn.

BENE: *(greift zur Glocke).*

KORPORAL: Bene, ich warn Dich, tu die Finger weg! So a Frechheit, so jetzt sag ich's dem Hauptmann. Einmal nei, einmal raus, da werd ma ja narrisch. Sapprament! Sapprament! *(wütend ab)*

Michl und Bene (lachen)

MICHL: Ah... jetzt stinkt er ihm! Gestern hab ich ihn auch g'ärgert, weisst da hab ich ihm bei uns daheim in der Schusterwerkstatt auf's Butterbrot einen Schusterpapp naufg'schmiert und dann hab ich ihm d'Augengläser versteckt, dass er's net gsehen hat. Und wie er da ins Butterbrot neibissen hat, ist ihm das Maul zusammenpappt.

BENE: *(lacht)* Weisst Michl, Du musst ihm einmal auf den Schusterstuhl an Schusterpapp hinschmiern. *(Während dieses Gesprächs ist von beiden unbemerkt der Aktuar aufgetreten. Der Michl bemerkt beim letzten Satz plötzlich denselben und stösst Bene an, bis ihn auch Bene bemerkt, aufsteht, seinen Säbel zieht und auf- und abpatroulliert.)*

VIII. Scene

Vorige – Aktuar.

AKTUAR: Schönen guten Morgen, meine Lieben.

BEIDE: Guten Morgen, Herr Aktuar!

AKTUAR: Ei der Teufel, was ist denn heute in aller Frühe schon los? Trommel, Musik, Radau? Was hat denn das zu bedeuten?

MICHL: Uih... Ja wissen Sie denn noch gar nix, Herr Aktuar? Der Fuhrmann war grad da und hat uns erzählt, dass d'Raubritter d'Stadt überfall'n wolln.

BENE: Die Raubritter sind draussen in Berg am Laim und bringen alles um.

AKTUAR: Das ist ja furchtbar, erzählt mir gleich!

MICHL: Also der Fuhrmann fahrt alle Tag in der Früh nach Berg am Laim und wie er heut nauskommen ist, hat er g'sehn, dass alles ganz schwarz war in Berg am Laim.

BENE: Ja und der Sturmwind hat g'heult vor lauter Schmerzen hat er g'sagt und das Feuer hat gebrunst und der Himmel war blutgrün und der König Herodes war draussen mit den sieben Geisslein.

MICHL: Wie der Fuhrmann das g'sehn hat, dann hat er Angst kriegt und wollt davon, aber d'Räuber sind ihm dann nachgelaufen und ham eahm sei G'wand auszogn und auf einmal war er ganz nackig.

AKTUAR: Weiter! Weiter!

MICHL: Dann hab'n ihm die Raubritter seine ganze Milch austrunkn und hätten ihn umbringen wollen, aber er hat sich dann hinter einen Baum versteckt und da is er dann eing'schlafn und auf einmal hat ihm träumt, dass er eine Ente war und dass er einen so langen Wurm g'fressn hat.

BENE: Das von der Ent'n und dem Wurm hat ja mir träumt.

MICHL: Ach ja, bin ich dumm, das hab ich jetzt verwechselt; *der* hat an Wurm g'fressn.

AKTUAR: Aber was hat denn der Wurm mit den Raubrittern zu tun?

BENE: Ah, nichts. Das ist ja eine ganz andere Abteilung.

AKTUAR: Also, erzähl weiter.

MICHL: Ja also, wie der Fuhrmann nochmal umg'schaut hat, hat er g'sehn dass scho alle Häuser brennt hab'n und die ganzen Ochsen und Rindviecher von Berg am Laim laufen im Freien umeinander und kennen sich gar nicht mehr aus!

AKTUAR: Schrecklich, weiter!

MICHL: Und Niemand traut sich mehr auf die Strassen naus, weils schon alle tot sind.

AKTUAR: Genug, genug, das ist ja furchtbar. Sperrt nur gleich alle Stadttore zu, alarmiert die Bürgerwehr und geht sofort an Eure Arbeit!

BENE: Ja, Herr Aktuar, in dem Fall dürfen wir eigentlich gar nichts unternehmen, das haben wir dem Fuhrmann schon erklärt.

AKTUAR: Aber Er kann doch zum Hauptmann gehen und kann ihm die Sache unterbreiten.

BENE: Ja, ich darf doch nicht weggehen von meinem Posten. Da kann um mich vorkommen was will, ich darf meinen Posten nicht verlassen, net amal bei an Hochwasser, ausser es schwoabt mi weg.

AKTUAR: Dann schick Er doch den Kleinen zum Hauptmann.

BENE: Der muss mir doch 's Sach hol'n.

AKTUAR: Wann kommt denn der Hauptmann?

BENE: Da kann's ½ 11 oder 11 Uhr werden bis der kommt.

AKTUAR: Bis dahin kann es aber zu spät werden.

BENE: Es kommt halt drauf an, wer z'erst kommt, die Raubritter oder der Hauptmann.

AKTUAR: Aber das hat doch gar keinen Wert, da muss doch etwas unternommen werden, die Raubritter können ja in einer Stunde schon da sein!

BENE: Leicht!

AKTUAR: Ja, aber wenn unserer Vaterstadt eine solche Gefahr droht! Die Raubritter können jeden Augenblick kommen!

MICHL: Ja, die kommen sicher, weil sie's dem Fuhrmann versprochen haben.

BENE: Ja, das einzige war wir tun können, das ist die Wach rausläuten, das haben wir dem Fuhrmann schon zeigt. *(läutet)*

(Wache zieht auf und geht wieder ab)

(Alle wollen schimpfen, sehen Aktuar und gehen still ab)

AKTUAR: Ihr seid doch die 2 grössten Rindviecher, dass Ihr's wisst.

MICHL: Das hat der Fuhrmann auch g'sagt zu uns.

AKTUAR: Stellt Euch doch einmal vor...

(Michl und Bene machen zwei Schritte vorwärts)

AKTUAR: Ihr sollt Euch vorstellen........

(Michl und Bene treten wieder vor)

AKTUAR: Im Geiste sollt Ihr Euch vorstellen....

BENE und MICHL: Haben wir keinen!

AKTUAR: Wenn die Raubritter kommen, die werden rauben, plündern, stehlen!

BENE: Ja uns is ja selber unangenehm!

AKTUAR: Folglich muss doch was unternommen werden, die Raubritter nehmen keine Rücksicht, die schrecken vor gar nichts zurück, die nehmen sogar Weib und Kind mit.

BENE: Ah, das wär das wenigste!

AKTUAR: Wo is denn zur Zeit der Hauptmann?

BENE: Im Faberbräu drüben, da muss er an Hausgang ausweissen.

AKTUAR: Wisst Ihr was, dann gehe ich persönlich zum Hauptmann und melde ihm die Sache. *(Aktuar ab)*

(Man hört von ferne Volksgemurmel / Lautsprecher / und die Handglocke des Polizeidieners.)

IX. Scene

(Polizeidiener, Volk und Wache tritt auf. Gemurmel »Was ist denn los« *etc.)*

POLIZEIDIENER: Das werd's jetzt gleich hörn! *(läutet)*

Bekanntmachung

Der hochlöbliche Magistrat gibt kund und zu wissen, dass eine Raubritterbande von Ramersdorf her im Anzuge ist. Dessenthalben gibt der Stadtrat, der wie immer um das leibliche Wohl seiner Mitbürger besorgt ist, folgende Massregeln kund: *(läutet)*:

I. Gemäss Pharagraph 333 ⅓ des herzoglichen Bürgerschutzgesetzes sind von heute ab die Stadttore um den Glockenschlag ½ 9 Uhr auf der Nacht zu schliessen. *(läutet)*

II. Ein jeder Bürger soll, was er an Wehr und Waffen hat für alle Fälle bereit halten. *(läutet)*

III. Bürger, die wo Posten stehen, sollen fest nach dem Feinde auslugen.

Eigenhändig vorgelesen und pupliziert, Josef Winterhuber, Polizeidiener im Namen des hochlöbl. Magistrats München.

(Volk und Wache geht links und rechts mit Gemurmel ab)

POLIZEIDIENER: Trommelbua, Du gehst jetzt gleich mit mir zum Sendlingertor und tust trommeln.

BENE: Der bleibt da, den brauch ich!

POLIZEIDIENER: Nein, den muss ich haben, der geht mit mir!

Beide ab.

Bene und Korporal allein.

BENE: Glaubst das jetzt, Korporal, dass das wahr ist mit die Raubritter? Was da Polizeidiener einmal amtlich vorliest, das ist kein Spass, das ist Ernst!

(es erfolgt ein Kanonenschlag hinter der Scene)

(Beide erschrecken)

KORPORAL: Was war jetzt das?

BENE: Ein Kanonenschuss. So, jetzt war seit dem 30jährigen Krieg a Ruh und jetzt müssens wieder anfangen, jetzt, weil ich jung verheirat bin und an Kramerlad'n gründt hab.

(der Hintergrund wird rot beleuchtet)

KORPORAL: Ja und i kann Dir a net helfen, weil i jetzt hoam muass zum Stiefeldoppeln.

MICHL: *(tritt auf)* Uih, i woass was, schaugts amal um!

KORPORAL und BENE: Was ist denn los? Sind's schon da?

MICHL: Ja schaugts doch amal um, da hint is alles ganz feuerrot, i glaub da brennts schon.

(Korporal und Bene schauen um)

BENE: Auweh, auweh, das Morgenrot! Weisst Du, was das Morgenrot für uns Soldaten bedeutet?

KORPORAL: Nein!

BENE: Du bist a trauriger Soldat. Morgenrot bedeutet: »heute tot, morgen rot.«

KORPORAL: Ich muss jetzt geh, i muss Abschied nehmen von meiner Familie. Bene, pfüat di Gott, bleib g'sund, wann Dir was passiert. *(Korporal schluchzend ab)*

(Bene und Michl allein; Bene nimmt Zugharmonika aus dem Schilderhaus und Beide setzen sich auf die Bank.)

MICHL: So, jetzt mag ich mei Milch auch nimmer.

BENE: Morgenrot, pfüat di Gott.

(Bene fängt mit der Ziehharmonika zu spielen an, beginnt mit einigen Akkorden bis ein Schuss fällt.) (Beide erschrecken)

(Dann folgt der Gesang:)

Morgenrot, Morgenrot
leuchtest mir zum frühen Tod
Bald wird die Trompete blasen,
dann muss ich mein Leben lassen
ich und mancher Kamerad.

II.

Ach wie bald, ach wie bald
schwindet Schönheit und Gestalt
heute noch auf stolzen Rossen
morgen durch die Brust geschossen
übermorgen in das kühle..........
Grab.

(Vorhang)
[1 Minute Zwischenpause, dann 2. Akt.]

II. AKT

I. Scene

Musik besteht aus:
1. Klarinette
2. Trompete
3. Posaune
4. Bombardon
5. Schlagzeug.
Bühne ganz hell!! Bene steht vor dem Schilderhaus. Mit dem Einsetzen der Musik öffnet sich der Vorhang rasch. Unter den Klängen des Hohenfriedberger Marsches zieht die ganze Truppe auf, voran der Hauptmann, dann der Trommelbub, hinter demselben die Musik, dann Korporal und hinten nach Fahnenträger und die übrige Wachmannschaft. Alle ziehen an Bene vorbei, der dem Hauptmann beim Vorbeigehen desselben die Hand reicht und marschieren einmal um die Bühne herum. Bis zum Kommando des Korporals:
KORPORAL: Das Ganze halt! Gewehr bei Fuss! Rührt Euch!

Die Truppe steht jetzt folgendermassen: Längs der Mauer in der Bühnenmitte steht die Musikabteilung mit Trommelbub. Links der Bühne beim Wacheingang seitlich steht die Wache mit Fahnenträger. Hauptmann in der Bühnenmitte.

(Korporal geht auf den Hauptmann zu)

KORPORAL: Grüss Dich Gott, Hauptmann. Wie gehts Dir denn immer?

HAUPTMANN: Grüss Dich Gott, Korporal. No ja, es muss schon tun. A bissl viel Arbeit gibts halt. Zuhaus ist auch immer was los. Mei Alte hat sich gestern an Zahn reissen lassen, jetzt ist sie heut saugrantig.

KORPORAL: Uebrigens Hauptmann, was sagst denn zu meine Leut, schaug Dir's einmal an!

HAUPTMANN: Bravo, bravo, stramm sans beinander, das lasst sich hören. Das ist ja a wahre Freid, wenn mans so anschaut. Wie gehts Euch denn Leut?

SOLDATEN: Gut, Herr Hauptmann!

HAUPTMANN: *(geht zu einem Soldaten – Kollmannsberger)* Nun Meier, meine Gratulation zum freudigen Familienereignis, habs scho g'hört. Was is denn? A Madl oder ein Bub?

SOLDAT MEIER: Ein Bub, Herr Hauptmann!

HAUPTMANN: Das lässt sich hören. Der 5. Bub, gell Meier?

SOLDAT MEIER: Der 9. Herr Hauptmann!

HAUPTMANN: Bravo! Das lässt sich hören, ja ich sags ja, der Meier lasst nicht aus. – Was ich sagen will, wer steht denn heut auf Posten?

KORPORAL: Der Bene.

Bene und Michl haben sich die ganze Zeit unterhalten und hören nicht auf den Korporal.)

KORPORAL: *(lauter)* Der Bene!! *(schreit)* Der Bene!!!

BENE: *(bemerkt schliesslich, dass es sich um ihn handelt und geht schnell am Schilderhaus auf und ab mit grotesker Komik)*

HAUPTMANN: *(nachdem er eine Zeitlang zugesehen)* No, hör nur mal wieder auf. Rennst denn Du den ganzen Tag so auf und ab?

BENE: Nein, nur wenn Du kommst!

HAUPTMANN: Hör nur amal wieder auf! Grüss Dich Gott! *(gibt ihm die Hand)*

BENE: Grüss Gott, Hauptmann! *(streckt ihm statt der Hand den Säbel hin)*

HAUPTMANN: Au, au, da schneidt man sich ja, pass doch auf! Hast mir sonst was zum sagen?

BENE: Ja, wegen einem kleinen Oeferl hätt ich Dich amal fragen wollen. Weisst, weils im Schildwachhäusl immer so kalt ist, wenn schlecht Wetter ist und da hätt ich halt fragen wolln obst net a so a kleins Oeferl ins Häusel reinmachen lassen möchst, weisst so ein kleins Oeferl.

HAUPTMANN: Ja, ja, ich versteh Dich schon, a kleins Oeferl meinst halt. Muss man halt schaugen, dass man eins kriegt.

KORPORAL: Ich hab eins am Speicher drobn, das kann man ihm reinmachen.

HAUPTMANN: Ja Korporal, schau einmal nach. Ah, was ich sagen will, wie macht sich denn eigentlich der Kleine, der Trommelbub?

BENE: Recht frech ist er immer.

MICHL: Ja heut in der Früh um 6 Uhr hab i an Bene aufg'weckt, weil er g'schlafn hat.

BENE: *(stösst den Michel, während der Korporal auffallend laut zu lachen beginnt.)*

HAUPTMANN: No, was habts denn narrisch, was ist denn eigentlich?

BENE: Nein, ich mein, a ganz kloans Oeferl wenns war!

HAUPTMANN: Jetzt hör mir einmal auf mit Deinem Oeferl, das wird einem ja ganz fad! Der redt andauernd vom Oeferl und d'Raubritter san in der Nähe. Das erste ist jetzt gleich, dass einer auf den Turm naufsteigt und nach dem Feind ausschaugt. *(Alle wechseln Platz – Trompeter geht ab)*

KORPORAL: Bene, geh Du gleich nauf am Turm!

BENE: Dös kannst Dir denken! Der Vinzenz soll naufgehen.

HAUPTMANN: Also Vinzenz, nachher gehst Du nauf und wennst was Verdächtiges siehst, dann gibst gleich ein Signal!

VINZENZ: Ja, ist schon recht, wenn i aber nichts siech?

BENE: Dös siegst dann scho, ob'sd nichts siehgst.

VINZENZ: Am Turm oben brauch i aber koa G'wehr. *(lehnt es an Bene hin und geht beim Turm in der Türe ab)*

BENE: *(lehnt es an den Korporal an)*

KORPORAL: *(lehnt es an den Hauptmann an)*

HAUPTMANN: *(lehnt es an den Korporal zurück)*

KORPORAL: *(lehnt es wieder zu Bene)*

Bene: *(lehnt es an den Hauptmann)*

Hauptmann: Was lehnst denn das Gewehr alleweil an mich hin? *(lehnt es wieder an Bene)*

Bene: Ja, ich kanns doch net in d'Luft hinlehnen, da fällts ja um. *(stellt das Gewehr frei hin, welches umfällt)*

Hauptmann: Tragt jetzt einmal einer das Gewehr naus!

Korporal: Geh, trags do glei selber naus.

Hauptmann: *(hebt das Gewehr auf und trägt es weg)* Dös is zum Kotzen mit dene Brüda. So jetzt kümmerts Euch um Eure Kanonen, dass net wieder alle eingrosst sind und schauts, dass auch sonst Alles ordentlich imstand ist.

Vinzenz: *(Ist währenddessen oben auf dem Turm sichtbar geworden, hat ausgesehen und gibt ein Signal auf der Trompete.)*

Alle: *(hinaufschauend)* Was ist denn los?

Vinzenz: Ganz draussen am Gasteigberg seh ich sie schon daherkommen. Es ist ein ganz grosser schwarzer Haufen, ich glaub, das sind d'Raubritter!

Michl: Gelt, dann gibts doch Raubritter, weil der Bene g'sagt hat, es gibt keine Raubritter mehr, dann gibts auch einen Osterhasen und a Christkindl und alles.

Hauptmann: Jetzt fangt der dumme Bub mit dem Osterhasen an, wenn d'Raubritter kommen. Also, alle Männer an die Schiesscharten und Kanonen auswischen.

Bene: Ja, die können wir nicht auswischen, weil wir keinen Wischer haben; der Korporal hat ihn dem Kaminkehrer g'liehn.

Michl: Ja, ich hab alleweil g'sagt, den darf man nicht herleihn, aber er, der alte Aff hat ihn hergeb'n.

Hauptmann: Ah, das ist eine Schlamperei. Aber es sind doch soviel ich weiss 2 Wischer da. Wo ist denn der Zweite?

Bene: Ja, der steckt in der Kanone drin, da wird Dir keiner nübersteig'n, wo die schon herbledern.

Hauptmann: Da wird sich doch einer finden der nübersteigt?! Korporal, zeig Du die Leut, dass Du a Schneid hast, steig Du nüber.

Korporal: Gel, jetzt darf ich wieder einen Deppen machen. *(schickt sich an, auf die Bank zu steigen, kehrt dann nach einer kleinen Pause wieder um)* Hauptmann, geh schick doch lieber einen andern nüber, i mein dös is besser.

Bene: Ah, jetzt hat er keine Schneid.

MICHL: Ah, jetzt traut er sich net nübersteigtn, der Hosenscheisser, jetzt hat er schon Angst.

HAUPTMANN: Korporal, jetzt geb ich Dir einen dienstlichen Befehl, Du steigst jetzt nüber.

KORPORAL: Ausgerechnet ich muss da nübersteig'n. *(steigt auf die Bank von Bene und Michl unterstützt. In dem Moment da sein Kopf auf der Mauerkante sichtbar ist, fällt ein Schuss.*

[(]Korporal schreit) Au, au! *(steigt wieder runter und lässt eine schwere eiserne Kanonenkugel auf den Boden fallen)*

MICHL: Ah, direkt aufs Hirn nauf, da musst jetzt ganz damisch sein!

KORPORAL: Das war ich vorher schon.

BENE: Du, das ist eine Raubritterkugel. Die is no ganz warm.

MICHL: Die heben wir uns auf, die tun wir in eine Schachtel nein. Die geben wir nimmer her.

BENE: Nein, damit gründen wir einen Kegelklub. *(schiebt die Kugel hinaus)* Juchhe! Alle Neune!!!

HAUPTMANN: Ich geb Dir gleich alle Neune! Was ist's jetzt eigentlich mit dem Kanonenwischer?

BENE: Ich hab eine Idee, wir ziehen einfach die Kanone aus dem Loch raus, dann haben wir den Wischer.

MICHL: Ja, das machen wir.

(Beide ziehen die Kanone umständlich aus der Mauer. Bene kommt mit dem Fuss unter die Räder. Schimpft den Michl recht und Beide stellen dann die Kanone in Richtung Puplikum auf die Bühne.)

HAUPTMANN: So.... lasst Euch nur recht Zeit. Also, Du Korporal, stellst Dich jetzt vor das Loch hin wo die Kanone drin war, damit bei dem Mauerloch kein Wind rein kann.

KORPORAL: So jetzt kann keiner mehr rein. *(in diesem Moment fällt wieder ein Schuss)* Au! au! *(lässt aus seinen nach hinten gehaltenen Händen eine schwere, eiserne Kugel fallen)* Au! au! *(weint und schreit jämmerlich – setzt sich auf die Bank und schreit:)* Jetzt kann ich mich nicht mehr hinsetzen auch. *(jammert weiter)*

MICHL: Tuat dös so weh?

KORPORAL: Nein, wohl tut's, dummer Bub!

BENE: Ah, der ist schon recht wehleidig auch.

HAUPTMANN: Also, was ist's jetzt mit dem Kanonenloch auswischen? Michl, geh weiter, schick Dich a bisserl!

MICHL: *(wischt umständlich und langsam das Kanonenloch aus)*
HAUPTMANN: Was is? – Schick Di besser – Michl!
MICHL: Ja, i kann mi a net darenna weg'n de damischen Ritter!

II. Scene

(Girgl tritt auf mit Polizeidiener)

GIRGL: Da ist er ja, der Bene.

POLIZEIDIENER: Du Bene, der Girgl da behauptet, Du hättest ihm heute in der Früh einen ganzen Haufen Knackwürst g'stohln, beruht jetzt das auf Wahrheit oder beruht das auf keiner Wahrheit?

BENE: Ja.

POLIZEIDIENER: Was ja?

BENE: Das beruht auf keiner Wahrheit.

POLIZEIDIENER: Wenn aber der Girgl behaupt, Du hast die Würst g'stohln, dann hast es entweder g'stohln oder der Girgl lügt.

BENE: Ja der lügt und wer lügt, der stiehlt.

GIRGL: Was, ich kann doch nicht meine eigenen Würst stehlen. Du hast es g'stohln! *(will auf Bene losgehen, Polizeidiener hält den Girgl zurück).*

BENE: *(zieht den Kanonenwischer raus und will sich damit gegen Girgl verteidigen, trifft aber dabei den hinter ihm stehenden Korporal auf den Kopf)* Lassts mir jetzt meine Ruhe! *(fährt mit dem Kanonenwischer ins Kanonenloch und stösst die darin befindlichen Würste heraus)*

GIRGL: *(stürzt auf die Würste hin und nimmt sie zu sich, sie dem Polizeidiener zeigend)*: Da schau her, Polizeidiener, da sind ja die Würst!

POLIZEIDIENER: *(zu Bene, der verblüfft dasteht)* Du Bene, wie können denn da vorne Würst rauskommen?

BENE: Wenn man hinten neinfahrt.

POLIZEIDIENER: Nein, ich möcht wissen, wie die Würst da hinten reinkommen können?

GIRGL: Wie's neinkommen sind, das kann ich Dir sagen: wie ich heut in der Früh da vorbei gangen bin, da hab ich den Holler ang'schaut...

BENE: Ang'schaut..... stehln hättst Du ihn wollen, weisst Polizeidiener, das war so: heut in der Früh ist doch ein starker Westwind gangen und wie da der Girgl mit seiner Mulden so vorbeigeht, hat der Wind auf einmal die Würst runterg'weht und da war grad der Schuber von der Kanon auf und da hat der Wind die Würst pfeilgrad da neing'weht. Der Michl hats g'sehn, der war dabei, gel Michl!

MICHL: Ja, so wars, ganz genau so, weil ichs selber g'sehn hab und weil er noch g'sagt hat auch, wenn ich nicht sag, krieg ich auch die Hälfte.

POLIZEIDIENER: Von was kriegst die Hälfte?

BENE: Vom Wind.

POLIZEIDIENER: Da müsst ich ja auf die Weise an Wind verhaften.

BENE: Den wirst aber Du net erwischen.

VINZENZ: *(bläst Signal, alle schauen hinauf)*

ALLE: Was ist denn lo[s]?

VINZENZ: Die Raubritter kommen immer näher und näher und einen ganzen Haufen Kanonen hams dabei.

POLIZEIDIENER: Was, d'Raubritter kommen? Da muss ich aber gleich schauen, dass ich heimkomm'. *(läuft mit langen Schritten über die Bühne ab)*

GIRGL: Und ich geh auch, sonst fressen mir die Raubritter meine Würst' z'samm. *(läuft auch ab)*

Michl und Korporal schieben Kanone in das Mauerloch hinein.

III. Scene

Vorige.

HAUPTMANN: Also Kinder, seids tapfer, der Feind naht. Jetzt schiessen wir unsere Kanonen ein, damit beim Ueberfall der Raubritter alles richtig funktioniert.

Gesang:

I.

Ach es ist doch wirklich schwer
bei der Münchner Bürgerwehr.
Unser Dienst ist nicht beliebt,

weils da keine Würstl'n gibt.
B'sonders bei der Artillerie
's ist die grösste Ironie.
Weg'n der g'ringsten Kleinigkeit
sind wir schon salutbereit.

REFRAIN: Tararara bum halloh
die Artillerie ist da
Tararara bum halloh
die Artillerie ist da!

(Michl ladet die Kanone und schiesst bei jedem Refrain. – Bei jedem 1. Bum des Refrains folgt ein starker Kanonenschuss mit aufsteigenden Rauchwolken, durch elektrische Pulverentzündung in einer Eisenpfanne)

II.

Ist wo eine Fahnenweih'
ist d'Kanone auch dabei,
sogar beim Oktoberfest
san ma jed's Jahr draussen g'west.
Ist das Pferderennen g'wen,
taten wir am Berg drob'n steh'n,
Wie d'Kanonen bum ham to
Ging das Pferderennats o:

REFRAIN: Tararara *bum* hallo etc.

III.

Wenn der König kriegt ein Kind
schiessen wir Salut geschwind.
Auch bei jeder Prozession
schiessen wir mit der Kanon.
Kurz bei jeder Viecherei
ist d'Kanone auch dabei.
Dö Kanone ist famos,
blos im Krieg, da gehts net los.

REFRAIN: Tararara *bum* hallo etc.

(Nach Schluss der 3. Strophe ertönt ein Signal vom Vinzenz)

Alle: Was ist denn das?

Bene: Das Echo[.]

Vinzenz: Nein, das ist kein Echo, das war schon ich. Höchste Gefahr ist! D'Raubritter kommen immer näher und näher und immer mehr Kanonen hams dabei. Allerhöchste Gefahr!

(Alles läuft aufgeregt umeinander, Musik ab)

Michl: *(nimmt Trommel und Wiesenteppich und schreit:)* I hab scho alles!

Bene: Du hast ja d'Wiesen mitg'nommen!

Michl: Dö hab i in der Angst ausgriss'n.

Hauptmann: Seid doch nicht gar so aufgeregt, Leut, nur den Kopf nicht verlieren, immer die Ruhe bewahren. Du Korporal übernimmst die I. Batterie, Du Michl die II. Du Bene übernimmst den Sanitäterdienst, im Fall dass grad einem schlecht wird und ihr tut's bei die Schiesschart'n nausfeuern was nur grad 's Zeug halt.

(Michl bedient die beiden Kanonen, schiebt Kugeln ein und zieht bei jedem Kommando 1. oder 2. Geschütz bum) (Bei Bum erfolgt jedesmal ein Kanonenschlag mit aufsteigenden Rauchwolken – man hört nun auch von ferne Lärm und Abschüsse, noch etwas schwach)

Korporal: *(gibt nun mit Michl abwechslungsweise Kommando zum Abschuss, bald bei der einen, dann bei der anderen Kanone bis zum Schluss. Unterbrochen nur bei jeweiligen Sprechdialogen zwischen Bene und Hauptmann. Dem Michl fallen aus der 2. Kanone alle Kugeln wieder nach vorne heraus.[)]*

Bene: *(sieht einen verwundeten Soldaten am Laternenpfahl lehnen, nimmt aus seiner Sanitätstasche die er sich mittlerweile umgehängt hat eine breite Binde und verbindet den Kopf des Soldaten, so, dass auch der Laternenpfahl mit umwickelt wird, sowie Helm und Gewehr.[)]*

Hauptmann: *(Schiesst abwechlungsweise aus seiner Pistole über die Mauer, gibt dazwischen hinein Kommandos.)*

Die übrigen Soldaten schiessen durch die Schiesscharten, der Riese schiesst über die Mauer, das Gewehr auf derselben aufgelegt.

Ein 2. Soldat: (fällt um, von einer Kanonenkugel getroffen, die in seinem Uniformrock steckt. Bene und Michl holen eine Tragbahre mit Decke ohne Boden und beginnen den am Boden liegenden Sol-

en. Michl nimmt die Kanonenkugel aus
die Bahre auf und gehen mit der leeren
ischen durchgerutscht und am Boden lie-

wieder auf die Scene).
en noch auf dem Boden liegenden Solda-
lenn eigentlich mit dem Mann da, wollt Ihr
ragen!
d naustragen.
ja gar nicht, der liegt ja noch da!
ist er. *(Holt eine andere Bahre, diesmal*
legen den Soldaten hinauf. Es ergeben sich
ten, indem bald Bene, bald Michl verkehrt
ann wieder rutscht der Soldat bald seitlich,
von der Bahre. Bis es Bene zu dumm wird
uf die Bahre legt, dass er zwischen Bene und
s der Scene geht. Der Lärm wird nun immer
tärker. Der Zuschauerraum wird plötzlich
Stoffballons als feindliche Kanonenkugeln
über die Mauer ins Puplikum und die Raubritter erscheinen auf der Mauer mit starkem Lärmen und Schreien. Ein Raubritter in Rüstung erscheint auf der Bühne und bohrt dem dicken Korporal seinen Spiess, der verschiebbar ist, in den Bauch, sodass am Rükken die Spitze herausschaut.

BENE: *(kommt mit weissem Fähnlein aus dem Schilderhaus)*
MICHL: *(Wirft Kanonenkugeln in das Publikum)*

Ende

Ritter Unkenstein

ein Drama in zwei Akten von Karl Valentin

Personen: Ritter Unkenstein auf Burg Grünwald
Kunigunde seine Tochter
Recke Heinrich (ferner Trommler Pfeifer Scharfrichter)

ERSTER AKT

Burgzimmer auf Grünwald. Unkenstein und seine Tochter sitzen am Tisch.

UNKENSTEIN: Ja liebe Tochter, es hat sich viel verändert in Grünwald in der Zeit wo du fort warst. Der Rodensteiner auf seiner Burg Schwaneck, der macht mir die Hölle heiß! Dieser Lump!!!

KUNIGUNDE: Aber Vater! Das kann ich nicht glauben.

UNKENSTEIN: Doch liebe Tochter. Der Rodensteiner hat mir die Sache eingebrockt, mit dem Zoll und mit den Flössern. Da kann einem ja der Helm hochgehen!

KUNIGUNDE: Was war den da mit den Flößern?

UNKENSTEIN: Seit fünfzig Jahren verlangt der Rodensteiner auf seiner Burg Schwaneck den Zoll von den Flößern, und an meiner Burg Grünwald fließt doch die Isar zuerst vorbei, also hätte ich zuerst das Recht den Zoll zu verlangen, aber der Rodensteiner dieser Lump ist mir zuvorgekommen und ich kann jetzt durch die Finger schauen.

KUNIGUNDE: Ja Vater jetzt ist es zu spät, da hätte[t] ihr Euch früher rühren sollen!

UNKENSTEIN: Das verstehst du nicht mein Kind. Rühren, rühren – ich habe mich die ganze Zeit gerührt, aber was soll ich den machen, ich kann doch nicht die ganze Isar aussaufen oder zumauern lassen, nur wegen diesem Schurken dem Rodensteiner. Ich habe alles versucht, ich habe sogar eine Eingabe gemacht.

KUNIGUNDE: Hat sie etwas genützt Vater?

UNKENSTEIN: Sie wurde abgelehnt, und warum? Nur weil der Rodensteiner gegen mich hetzt. Alle Ritter im Isartal hat er gegen mich aufgehetzt. Die Großhesseloher, die Menterschwaiger, die Harlachinger, die Pullacher. Und was war vorigen Sonntag? Der Talkirchner reitet an mir vorbei wie wenn er mich gar nicht kennen würde. Nicht mal gegrüßt hat er mich und das habe ich alles dem Rodensteiner zu verdanken, diesem Halunken. Aber ich werde es ihnen schon zeigen wo der Bartl dem Most holt!

(Zweite Scene)

(Recke Heinrich tritt auf und stellt sich hinter Unkenstein)
UNKENSTEIN: Was ist los?
HEINRICH: Nix! i hab blos fragn woll'n ob was los ist!
UNKENSTEIN: Da fragst du mich? ich frage dich was du bisher getan hast.
HEINRICH: Net viel. Den Burghof hab ich zamkehrt und der Köchin hab i a Milli g'holt, sonst weiß i nix! Ja und auf der Bärenjagd war ich.
UNKENSTEIN: Das ist doch Weiberarbeit. Ich möchte wissen ob du etwas erspäht hast[?]
HEINRICH: Na nix... ja doch etwas hab i erspäht. Vor unserer Burg neben dem Weg liegen so Haufen herum.
UNKENSTEIN: Schweinerei! Das haben wieder diese Hunde getan.
HEINRICH: Keine Hund! Menschenhäufa sinds, direkte Menschenhäufa!
UNKENSTEIN: So das auch noch! Sofort wegräumen. Einen Besen und Schaufel, und wegräumen. Ich laß mir nicht nachsagen, das vor meiner Burg die Häufen umherliegen, damit jeder dreinsteigt!
HEINRICH: De kann i doch net wegräumen, Menschenhäufn sind es doch!
UNKENSTEIN: Ja soll ich sie vielleicht wegräumen? das ist Deine Arbeit.
HEINRICH: De kann i allein net wegräumen... Menschenhaufn... a Hauf'n Menschen mein i doch, a ganzer Haufen Menschen sind vor der Burg.
UNKENSTEIN: Was!!! Volk vor meiner Burg?
HEINRICH: Ja, Volk, Gesindel, Wegelagerer oder Räuber!
UNKENSTEIN: So! hast du sie erkannt?

HEINRICH: A woher! i kenn doch kein so Gesindel.

UNKENSTEIN: Hast du irgend etwas gehört?

HEINRICH: Ja! g'hört hab i schon was. Da stimmts schon lang nimmer. Unlängst war ich im Maibräu und da sind die anderen Knappen und Recken beinand gwesen und da hab i so ghört wies g'red hab. I habs net recht verstanden, habns vom Rotwein gredt oder vom Rodenstein!

UNKENSTEIN: Rodenstein! das ist es. Ich hab es ja gewußt, das da etwas nicht stimmt. *(zu seiner Tochter)* siehst du liebe Tochter, ich hab es gewußt. Na ich werde mich persönlich überzeugen. Ich steige auf den höchsten Turm und luge in das Land.

HEINRICH: Ja lugns nur, vielleicht derlugens was!

UNKENSTEIN: Und du Recke Heinrich siehst in der Waffenkammer nach ob alles da ist.

HEINRICH: O da schauts bös aus. A Haufa Lanzen sind abbroch'n, die Säbeln sind ganz verrostet und die Kanonenkugeln g'hörn a wieder amal abgstaubt, sunst wans wirklich aufgeht und mir schiaßn mit de Kugeln, sagt dann da Feind mir sind Drecksäu!

UNKENSTEIN: Also das muß alles gerichtet werden, dann steigst du auf den kleinen Ostturm und spähst auch da hinunter und meldest mir jede Kleinigkeit verstanden. *(Zur Tochter)* Ängstige dich nicht mein Liebling ich komme gleich wieder *(küßt sie auf die Stirn) (zu Heinrich)* Na?

HEINRICH: *(Zeigt ihm den Rücken)* Servus!

UNKENSTEIN: *(Wütend)* Wie heißt das Kerl?

HEINRICH: *(Steht stramm) Unkenstein geht ab...*

(Dritte Scene)

(Heinrich und Kunigunde allein)

HEINRICH: Heut is er wieder grimmig, was hat er denn?

KUNIGUNDE: Ich weiß es nicht, ich kenne mich nicht aus. Vom Zoll und den Flössern hat er etwas gesagt und vom Rodenstein. Kannst Du mir das nicht erklären Heinrich?

HEINRICH: Ja mei Fräuln Kuni, das is schon a alte G'schicht. Ihr Vater ist bös, weil der Rodenstein den Zoll schon fuchzig Jahr verlangt und Ihr Vater hat nix, aber er stinkt eahm schon länger. Eahna Vater is einmal vorm Rodensteiner seiner Burg vorbeigeritt'n und da hat dem Rodensteiner sein Bua auf Ihren Vater sein nagelneuen Panzer an Schneeballn hingworfen, direkt mitten auf die Brust...

KUNIGUNDE: Aber Heinrich! Das kann ihm doch nicht weh getan haben?

HEINRICH: Weh net, aber prellt hat's ihn und desweg'n ärgert er sich heut noch. Seit sie weg war'n von Grünwald, is überhaupt nimmer auszuhalten mit Ihrem Vater. Die ganzen neun Monat wo sie weg war'n is er schon so grantig. – Des is jetzt a guat, dass sie grad neun Monat fort war'n. Unsere ganzen Knappen hab'n schon immer gred't deswegen, das is so komisch, hab'ns gsagt, daß sie grad neun Monat fort war... net zehn Monat und net acht, grad neun Monat. Fort sinds wie a Blutorange und heimkommen sinds wie a unbachenes Laibl, wie a Pfund Kas! so bleich.

KUNIGUNDE: Ach Heinrich! Haben die nichts anderes zum reden gehabt?

HEINRICH: Wahrscheinlich net!

KUNIGUNDE: Und was denkst du darüber Heinrich?

HEINRICH: Dasselbe!

KUNIGUNDE: O Heinrich! Du kennst mich ja schon seit ich auf der Welt bin. Heinrich! Dir kann ich es ja verraten... ich hab wirklich ein Kind!

HEINRICH: Jafreilich!... is doch so...!

KUNIGUNDE: Ich habe es auch noch dabei.. droben im großen Turm.

HEINRICH: So sie hab'ns dabei, ja wie hab'ns sie's denn in die Burg hereingebracht?

KUNIGUNDE: Deine Schlamperei hat mir geholfen, weil du vergessen hast die Zugbrücke hochzuziehen.

HEINRICH: Und jetzt hab'ns sie's am Turm oben... auf unsern großen Turm? Ja da is ja feucht obn... das wird eahna ja hin... wann's das a paar Wochen da oben hab'n, fangt's eahna ja zum graweln an... das kriegt ja an Hausschwamm!

KUNIGUNDE: Aber Heinrich rede doch nicht so dumm... Es ist nur schade dass das deine Frau nicht aufziehen kann!

HEINRICH: Mei Frau? Warum denn net, die ziehts schon auf. Der geb'ns a paar Taler und die ziehts auf, de hat ja mi a aufzogn... ana mi net!

Kunigunde: Aber Heinrich! ... Deine Frau ist doch schon tot!!!

Heinrich: Was ... mei Frau? .. Na ...!

Kunigunde: Doch Heinrich! schon seit zehn Jahren ist Deine Frau tot!

Heinrich: Was! mei Frau is tot? ... ja dass die mir nie was g'sagt hat davon? Drum hab i de schon so lang nimmer g'sehn ...

Kunigunde: Ich weiß nicht was ich nun machen soll.

Heinrich: Ja wie is des ... in der Stadt drinn hab'ns das Kind gebor'n ...? ja und wer is der Bohrer? ... a da Vater wollt i sag'n?

Kunigunde: Das ist es ja was ich nicht sagen kann! Das einzig nette ist, dass es ein Bub ist!

Heinrich: A Bub is? aber da hat Ihr Vater die größte Freud!

Kunigunde: Um Gotteswillen! Mein Vater darf es überhaupt nicht erfahren!

Heinrich: Warum den net? Der hat die größte Freud, er hat doch immer g'sagt, wenn nur mal mei Kuni heiraten tät, damit ein Erbe ins Haus käme, wenn i mal abkratz, dass wer mei Burg übernimmt! ... Das muß ich ihm glei erzähln ....!

Kunigunde: Heinrich um Himmelswillen bleib da! Mein Vater darf das nicht erfahren, überhaupt kein Mensch. Ich bin ja nicht verheiratet!

Heinrich: Das is Wurscht!

Kunigunde: Nein Heinrich, das ist nicht Wurst. Du darfst es keinen Menschen sagen ... verstanden!

Heinrich: Ja und wer is jetzt eigentlich der Vater?

Kunigunde: Das kann ich nicht sagen Heinrich!

Heinrich: Mir können sie's schon sagen Fräuln Kunigunde ... kenn i ihn?

Kunigunde: Freilich kennst Du ihn aber ich sag es nicht!

Heinrich: *(Sinnt nach)* Wer kennt des jetzt sein? *(Nach einer Weile)* I bin's fei net ... aber i weiß schon wers is ... wie hat er den g'heißen ... von Ismaning .. der Ritter Lenz glaub i ... der mit dem roten Spitzbart .... is der?

Kunigunde: Aber nein Heinrich, der ist es nicht!

Heinrich: Der – ist – es – nicht? Hat's Kind an roten Spitzbart?

Kunigunde: Aber Heinrich rede nicht so dumm, das erratest du nie ... gieb mir lieber Dein Ehrenwort, dass Du nichts verrätst!

Heinrich: Das können's schon hab'n ... Also wer is ....?

KUNIGUNDE: Der Rodensteiner!!!

HEINRICH: Was! wie! der Rodensteiner... auf Burg Schwaneck?... Na das gibts net... Fräuln Kuni das kann net sein.. da täuschn's eahna!

KUNIGUNDE: Aber Heinrich! ich werde doch wissen wer der Vater ist!

HEINRICH: Der Rodensteiner?... O du mein lieber Meingott... ja was is das... Fräuln Kuni was hab'ns da g'macht... wie könnens sie sich so vergessen... der Rodensteiner... von eahnan Kind der Todfeind, von eahnan Todfeind das Kind *(u. s. w. verwechseln)* Wann das Ihr Vater erfahrt.. der laßt sie dreimal köpfen... der laßt sie aufspießen wie an Stöckerlfisch... der laßt sie in der Folterkammer strecken das nur mehr in einer Kegelbahn übernachten können.

KUNIGUNDE: Sonst weißt du mir keinen Rat als das?

HEINRICH: Ja mei, was soll'n ma denn da sag'n!

(Vierte Szene)

(Unkenstein kommt herein; zu Heinrich)

UNKENSTEIN: Na! was stehst du hier noch rum? Deinen Rapport!

HEINRICH: Jafreilich! Interessiert eahna das?

UNKENSTEIN: Lache nicht! Antworte mir: Deinen Rapport will ich wissen!

HEINRICH: Zweimal glaub i!

UNKENSTEIN: Was soll das heißen Kerl?

HEINRICH: Ja i hab eahna net recht verstanden... was meinens?

UNKENSTEIN: Deinen Rapport will ich hören!

HEINRICH: Ach so! Rapport, das is was anders.

UNKENSTEIN: Ich meine ob du etwas erspäht hast.

HEINRICH: Ja ich hab schon g'späht, aber es war schon z'späht zum spähn, drum hab i nix mehr erspäht..... aber da herin hab i was erspäht!

UNKENSTEIN: Hier herinnen... was?

HEINRICH: *(Erhält von Kunigunde einen Stoß)* Nix... garnix!

UNKENSTEIN: Eben sagtest du doch du hast etwas erspäht?

HEINRICH: A woher, das war nur a Gspaß!

UNKENSTEIN: Laß diese Witze, antworte mir *(sieht wie Kunigunde, Heinrich heimlich zupft) (Zu Kunigunde)* Was soll das heißen, hat meine Tochter Heimlichkeiten vor mir?

KUNIGUNDE: Aber nein lieber Vater!

UNKENSTEIN: *(Zu Heinrich)* Du steigst jetzt auf den Turm und spähst abermals. Führe meinen Auftrag genau aus sonst hole ich mir Deinen Kopf.

HEINRICH: *(Heinrich geht brummen ab)* Da hab'ns schon was davon!

(Fünfte Szene)

(Unkenstein und Kunigunde allein)

UNKENSTEIN: Also ich möchte nicht erfahren, dass meine Tochter Heimlichkeiten hat hinter meinem Rücken... sonst werde ich tükkisch!

KUNIGUNDE: Es ist wirklich nichts lieber Vater! Hast du etwas erspäht?

UNKENSTEIN: Ja! Es sind Reiter vor meiner Burg. Aber die Kerle sind zu weit weg, ich kann sie nicht erkennen.

KUNIGUNDE: Aber du siehst lieber Vater, der Rodensteiner ist bestimmt nicht dabei.

UNKENSTEIN: Ach – dabei oder nicht dabei, auf jeden Fall ist er derjenige der hetzt. Aber diese Kerle sollen es nur wagen meine Burg anzugreifen. Mit blutenden Köpfen schicke ich sie von dannen.

(Sechste Szene)

(Heinrich kommt aufgeregt zurück)

HEINRICH: Sie! ..de kommen schon, a ganzer Haufen sind beinand, von alle Seiten kommens.

UNKENSTEIN: Sind sie bewaffnet?

HEINRICH: Freilich! Unzählige Lanzen hab'ns dabei... ja fast noch mehr und Kanonen, mindestens zwanzig Stück... ja was sag' i.. fast neunzehn... und zwei Fasanerietrompeten und a paar Mundharmonikabläser...

UNKENSTEIN: Was! ... zwanzig Kanonen haben die?

HEINRICH: Ja! .. und mir hab'n nur eine... und die ist kaputt... und dann ist von unserer Kanone der Schlund nach vorn hingerichtet und de kommen aber von Arschlings!

UNKENSTEIN: Von Arschlings? ... das Dorf kenn ich ja garnicht, das liegt doch nicht im Isartal?

HEINRICH: Arschlings! das ist doch kein Dorf... das ist doch ein Fachausdruck... Arschlings heißt von hintenwärtsher! von hintenherwärts!

UNKENSTEIN: Ach so! .. Die kommen von rückwärts! ... Dann muß die Kanone sofort umgedreht werden nach Dings... nach... Arschlings!

HEINRICH: Nachher brichts uns ganz zusammen... das eine Radl ist schon ganz faul.

UNKENSTEIN: Also das muß auch sofort gemacht werden.

HEINRICH: Ja und im Rohr is a Schwalbennest drinn.

UNKENSTEIN: So ein Saustall!

HEINRICH: Na!... kein Saustall... a Schwalbennest!

UNKENSTEIN: Blödsinn! ... also sofort die Kanone richten, dann die Zugbrücke hochziehen, den Burggraben vollaufen lassen, einen Kessel voll Pech sieden, meinen Helm und mein Schwert.... Wiederholen!

HEINRICH: Was hab'ns g'sagt? .... das ist so schnell gangen, i bin net mitkommen!

UNKENSTEIN: Du sollst wiederholen!

HEINRICH: Wiederholen? ... was soll ich wiederholen... i hab ja noch nix g'holt!

UNKENSTEIN: Meinen Befehl sollst du wiederholen, den ich dir eben gegeben habe.

HEINRICH: *(Suchend)* Mir hab'ns an Befehl geb'n.. wo hab i denn den hingelegt?

UNKENSTEIN: Du Schafskopf du sollst meinen Auftrag wiederholen, was du zu tun hast!

HEINRICH: Ja das kann i mir net alles aufeinmal merken.

UNKENSTEIN: Pass doch auf Kerl... sind deine Ohren verstopft?

HEINRICH: I weiß net... i seh net nein.

UNKENSTEIN: Mein Gott ist der Kerl blöd *(Wiederholt nochmals den ganzen Befehl)*

Heinrich: *(Sagt alles ganz verkehrt nach)* ..i werd's schon richtig mach'n... und an Helm soll i bringen... welchen Helm... den Feuerwehrhelm?

Unkenstein: Meinen Streithelm!

Heinrich: Ach so diesen woll'ns.... weil da Dings.. da Wil-Helm wäre a grad da...

Unkenstein: Raus!!! *(Heinrich geht eilig ab)*

(Siebente Szene)

(Unkenstein und Kunigunde allein)

Unkenstein: Diese Halunken wagen es tatsächlich meine Burg anzugreifen. Na denen werde ich es zeigen. Ich werde einen genialen Schlachtplan entwerfen... reiche mir die Landkarte liebe Tochter.

(Achte Szene)

(Während Kunigunde die Landkarte holt, tritt Heinrich herein mit Helm und Schwert und gibt es dem Ritter)

Heinrich: So! ...da is s'Sach. Passens auf dass Eahna keinen Schiefer einziehn. *(Gibt Unkenstein das Schwert und setzt ihm den Helm auf das Barett)*

Unkenstein: Na was treibst du den da!

Heinrich: Halt aus... das geht ja net.. sie hab'n d' Pelzhaub'n noch auf *(Nimmt den Helm wieder runter und das Barett)*... Sie, da sicht ma eahna Gummischnürl von eahnan Bart *(Setzt den Helm Unkenstein verkehrt auf)*

Unkenstein: *(Zu seiner Tochter gewendet)* Nun liebe Tochter, jetzt werde ich dir zeigen wie man einen genialen Schlachtplan entwirft. *(Heinrich hat sich aber inzwischen schon über den Plan gebeugt und beginnt einen Plan zu entwerfen)*

Heinrich: *(Mit beiden Händen auf den Plan gestützt)* Also mir werden das am besten so machen... mir gehen her...

Unkenstein: *(Wütend)* Schweig!!!

Heinrich: *(Läßt sich nicht stören und redet weiter)* mir gehen her und machen das so... weil de anderen... drumm müßen wir...

UNKENSTEIN: *(Noch wütender)* Schweig!!!

HEINRICH: *(Blickt Unkenstein erstaunt an)* ...Menterschwaig? ...das liegt da...

UNKENSTEIN: Du sollst schweigen Kerl!!!

HEINRICH: Sind Sie doch net so.. a anderer hat a eine gute Idee.

UNKENSTEIN: Du sollst dein ungewaschenes Maul halten.. verstanden... ich entwerfe meinen Kriegsplan allein. *(Heinrich geht murrend beiseite)*

UNKENSTEIN: *(Zu seiner Tochter)* Hier liegt meine Burg Grünwald, hier ist Harlachin, die können durch den Wald nicht durch weil... *(wird von Heinrich unterbrochen)*

HEINRICH: *(Zeigt mit dem Finger auf die Karte)* Wenn's a durch den Wald net durch können, aber über die Isar... *(Unkenstein dazwischen)*

UNKENSTEIN: *(Haut mit der Hand auf den Tisch)* Du sollst dein Maul halten Kerl. *(Diese Szene wiederholt sich einigemale bis Unkenstein schreit)* Hebe dich von Dannen... sieh lieber nach was der Feind macht!

HEINRICH: *(Geht zum Fenster)* Gut.. mir is recht... aber i bin fei net Schuld wenns schief geht. *(Nimmt das gemalene Glas trinkt und schaut zum Fenster raus, während Unkenstein seiner Tochter den Plan weiter erklärt. Plötzlich erschreckt zu Unkenstein)* Herr Ritter de kommen schon und an der Spitze... wissen's wer an der Spitze der Heerscharen...

UNKENSTEIN: *(Fällt ihm in die Rede)* Halt dein Maul! Störe mich nicht!

HEINRICH: *(Aufgeregt)* Ja aber an der Spitze, wissen's wer an der Spitze...

UNKENSTEIN: *(Unterbricht immer)* Das ist mir Wurscht... verstanden!

HEINRICH: *(Noch aufgeregter)* Das ist keine Wurscht... wann's a Wurscht wär wär's eh gut.. aber es is doch da....

UNKENSTEIN: *(Unterbricht wieder und tobt)* Donnerwetter Kerl laß mich zufrieden mit deinem Gepappel... laß sie doch kommen diese Hunde... ich freße sie einen wie den anderen!!!

HEINRICH: *(Erstaunt)* Ach so! die soll'n kommen, ja das is was anderes. *(Zum Fenster raus)* Kommt's nur! Kommt's nur! Nur [eini]! kommts nur!

(Während Heinrich redet erklärt Unkenstein seiner Tochter weiter den Schlachtplan)

UNKENSTEIN: Und hier an dieser schmalen Stelle werden wir sie überraschen und vernichten. Hier beginnen wir den Kampf. *(Beginnt zu singen, Kunigunde und Heinrich singen mit)*

GESANG: Auf in den Kampf ihr Ritter, Stolz in der Brust, Siegesbewußt.... *(Ein Schuß ertönt, Fenster klirren, eine Kanonenkugel fliegt auf die Bühne. Alle erschrecken mächtig und fragen durcheinander was los ist.[)]*

UNKENSTEIN: Was war das! Was ist geschehen!?

HEINRICH: *(Hebt die Kugel auf)* G'schossen hab'ns mit einer Kanonkugel... da schaun's her... *(wirft die Kugel von einer Hand in die andere und legt sie auf den Tisch)* die is noch ganz heiß... bei der Tür habn's reing'schieß.. reingschossen... die Sauhund!!! *(Zu Unkenstein wütend)* Wei's a alleweil s'Haustürl offen laßt's! Da tun sich de leicht, wenns gleich bei der Haustür reinschiß'n können. *(Nimmt die Kugel und riecht daran)* Das ist a Rodensteiner Kugel, das riech ich!!!

UNKENSTEIN:
KUNIGUNDE: } *(Gleichzeitig)* Wieso vom Rodensteiner?

HEINRICH: Das kenn i an der Rundung... das ist eine Rodensteinerkugel.

UNKENSTEIN: Kerl wieso ist das eine Rodensteinerkugel?

HEINRICH: Da Rodensteiner is ja an der Spitze der Heerscharen, aber sie haben mich ja net ausreden lassen...

UNKENSTEIN: *(Stürzt zum Fenster)* Tatsächlich da reitet er mein Todfeind. Ha-ha ha-ha!!! *(Dreht sich zu seiner Tochter die zu schluchzen begonnen hat)* Was schluchzest du liebe Tochter?

HEINRICH: Jetzt wird's g'scheckert!

UNKENSTEIN: Du brauchst nicht weinen liebe Tochter. Auch Rodenstein diesen Schurken werde ich vernichten und du als meine tapfere Tochter, ziehst mit mir gegen den Feind. Ich werde dir den Falben aus dem Stall holen und du reitest *(zeigt mit ausgestreckter Hand. Heinrich drückt ihm aber die Hand herunter. Dies einigemale wiederholen)*

UNKENSTEIN: *(Zu Heinrich)* Zum Teufel auch! Laß sie doch reiten!!! *(Wieder zu seiner Tochter)* du reitest an meiner Seite gegen meinen Feind, wie die Jungfrau von Orleans!

HEINRICH: *(Schadenfroh)* Ist ja keine mehr!

UNKENSTEIN: *(Erstaunt)* Was sagtest du da?

KUNIGUNDE: *(Aufgeregt)* Vater ich bitte hört mich an ich muß Euch ein Geheimnis anvertrauen.

UNKENSTEIN: Ein Geheimnis? ...Papperlapap! Ein Geheimnis wenn du es mir anvertraust ist kein Geheimnis mehr. Ich habe keine Zeit. Ich muß in den Schlachthof... in den Burghof wollt ich sagen – zur Schlacht.

KUNIGUNDE: *(Flehend)* Vater ich muß es Euch anvertrauen hört mich an!

UNKENSTEIN: Gut! Aber beeile dich liebe Tochter ich habe wenig Zeit!

KUNIGUNDE: *(Niedergeschlagen)* Vater! ...ich habe ein Kind!!!

UNKENSTEIN: *(Erschrickt gewaltig und bringt kein Wort heraus)*

HEINRICH: So! ...jetzt ist heraust... zu zweitenmal!!!

UNKENSTEIN: *(Zu Heinrich)* Was war das? ...hat mich mein väterliches Ohr betrogen?

HEINRICH: Na! Na! es stimmt schon!

UNKENSTEIN: *(Zu seiner Tochter)* Was! ...meine Tochter hat ein Kind! ...ein außereheliches Kind? Du bringst Schande über meine Burg *(Stützt sich auf den Tisch mit beiden Händen, die eine auf die heiße Kugel, schreit auf)*

HEINRICH: I hab' s eahna aber gsagt, das die frisch ab'gschossen ist, oder meines sie die schießen mit Eiskästen? *(Nimmt die Kugel und legt sie beiseite, immer von einer in die andere Hand werfend)*

UNKENSTEIN: *(Stützt beide Hände auf den Tisch)* Diese Schande, das gibt zu verdauen.

HEINRICH: *(Will Unkenstein etwas ins Ohr sagen, stößt sich aber an dessen Bart, wiederholt das einigemale, biegt dann den Bart zurück)* Aber es ist a Bub.. ein Bub ist es, ein Bub!!!

UNKENSTEIN: Ein Knabe!

HEINRICH: Ein Knabe ist ja ein Bub!!! Das war schon lange Ihr Wunsch, einen männlichen Erben.. na und jetzt habens einen! freun solln Sie sich jetzt!

UNKENSTEIN: Ja! ich habe mir schon immer einen Erben gewünscht!!! Gut ich will diesmal Gnade für Recht ergehen lassen.. wir sprechen später darüber.

HEINRICH: *(Inzwischen zu Kunigunde)* Na sehn's i hab's ja gewußt das er a Freud hat eahna Vater, brauchens net traurig sein!

UNKENSTEIN: *(Zu Kunigunde)* Aber der Vater dieses Kindes?

HEINRICH: Jetzt wirds greußlich, i geh i kündige mir gleich selber, Pfüat Gott!

UNKENSTEIN: Hierbleiben! Du harrest noch meiner Befehle *(Heinrich steht stramm) (Zu Kunigunde)* Der Vater des Kindes, ist das ein edler Ritter?

KUNIGUNDE: *(Schluchzend)* Ja Vater!

UNKENSTEIN: Gut hole ihn hieher!

HEINRICH: *(Zum Fenster deutend)* Er kommt so gleich!

UNKENSTEIN: So er kommt? ... das freut mich.

HEINRICH: Oha! ... das glaub i net!

UNKENSTEIN: Wenn er kommt, gebet ihm Salz und Brot und einen kühlen Trunk und saget ihm, er muß an meiner und ihrer Seite in die Schlacht ziehen, gegen meinen Todfeind... gegen Rodensteiner!!!

KUNIGUNDE: *(Stürzt auf die Knie)* Nein Vater! Verlange das nicht, das geht nicht!

HEINRICH: *(Ebenfalls aufgeregt)* Na das geht doch net!

UNKENSTEIN: *(Zornig)* Dann soll er reiten wenn er nicht gehen kann! Mein Schwiegersohn muß gegen meinen Feind ziehen!!!

KUNIGUNDE: *(Schreit)* Vater! Er ist ja bei den Feinden dabei!!!

UNKENSTEIN: *(Erstaunt)* Waaas? Mein Schwiegersohn ist bei meinen Feinden???

HEINRICH: Ja!... das ist ja das komische!

UNKENSTEIN: *(Zu Kunigunde)* Wie heißt dieser geruchlose?

KUNIGUNDE: *(Immer noch kniend schluchzt)* Ich kann es nicht sagen Vater!!!

UNKENSTEIN: Ich frage dich nochmals, wie heißt der Kerl...? Weißt du es?

HEINRICH: *(Verschmitzt)* I wissert's schon!

UNKENSTEIN: Du weißt wie der Kerl heißt?

HEINRICH: Ja! ... aber i sag's net!

UNKENSTEIN: *(Befehlend)* Nenne mir sofort seinen Namen!

HEINRICH: Ha! ... da werdens alt und schierlig, brauchens also nur mehr alt werden.

UNKENSTEIN: *(Geht langsam auf ihn zu und direkt Nase an Nase)*

HEINRICH: *(Nimmt die Brille ab, an der die Nase hängt)* Jetzt habens mir a Dulln eini g'macht in mei Nasen. *(Setzt die Nase wieder auf)* i sags net... auf keinen Fall.

UNKENSTEIN: *(Geht zurück)* So du willst es also nicht sagen? ... gut ... ich zähle bis drei!!!

HEINRICH: *(Schimpfend)* Sind's net so kindisch!!!

UNKENSTEIN: *(Zählt)* Eins! Zwei! Drei! *(Zieht das Schwert heraus und geht in Fechterstellung.)*

HEINRICH: *(Zieht zu gleicher Zeit, sein um die Hälfte kürzeres Schwert und beginnt mit Unkenstein zu fechten, winkt plötzlich ab und mißt sein Schwert mit Unkensteins Schwert, deutet mit der Hand dass es zu kurz ist und Unkenstein solle mit ihn tauschen!)*

UNKENSTEIN: *(Hält ihm sein Schwert unter die Nase)* Hier dieses Schwertes Spitze, die stoß' ich dir in deinen mageren Leib...

HEINRICH: *(Unterbricht)* Jafreilich! Tun's das Ding weg, wie oft is schon was passiert durch so eine Dummheit!

UNKENSTEIN: Die stoß' ich dir in Deinen mageren Leib, dass Du dich in deinem Blute wälzst!!!

HEINRICH: *(Entrüstet)* So! wo i so blutarm bin!!!

UNKENSTEIN: *(Setzt Heinrich das Schwert an)* Wie heißt der Kerl?!

HEINRICH: *(Greift nach rückwärts ob das Schwert schon durch ist)* i kanns net sagen! *(Beginnt zu heulen wie ein Hund)*

UNKENSTEIN: *(Schreit)* Sag den Namen oder ich stoße zu!

HEINRICH: *(Heult nochmals und sagt)* Rodenstein!

UNKENSTEIN: *(Momentan ganz starr)* Waaaas? Rodenstein mein Todfeind??? *(Packt Heinrich an der Brust)* Kerl hast du mir auch die Wahrheit gesagt???

HEINRICH: *(Weinerlich)* Jawohl!

UNKENSTEIN: *(Spring[t] mit einem Schrei in die Höhe, Zweimal)*

HEINRICH: *(Wird durch den Sprung jedesmal in die Höhe geschleudert)*

UNKENSTEIN: *(Dreht sich zu Kunigunde um, die abseits an der Mauer lehnt und weint)* Du Schanddirne! Mit Rodenstein meinem Todfeind!!! *(Faßt sie und schleudert sie zu Heinrich hin, der sie auffängt!!!)*

HEINRICH: *(Beginnt gegen Unkenstein zu knurren und Zähnefletschen wie ein Hund während Unkenstein andauernd schimpft und Kunigunde schluchzt)*

UNKENSTEIN: Du Schandweib! Einmal hast du dich vergessen???

HEINRICH: O sind's doch net so!... Einmal ist keinmal!

UNKENSTEIN: Recke Heinrich!!! Hieher!

HEINRICH: *(Zu Kunigunde die ihn zurückhalten will)* I komm gleich wieder Fräulein Kuni! *(Steht vor Unkenstein stramm)*

UNKENSTEIN: Recke Heinrich! Du bürgst mir mit deinem armseligen Kopf, dass du meine Befehle ausführst.... verstanden!... Packe dieses Weib lege sie in Ketten... packe sie...!!!!

HEINRICH: *(Packt Kunigunde indem er klatschend seine Hand auf ihren Rücken legt)*

UNKENSTEIN: Werfe dieses Schandweib in den Kerker, lege sie in Eisen!...im zweiten Akt lasse ich sie hinrichten.....

KUNIGUNDE: *(Schreit fürchterlich auf und wird von Heinrich fortgeschleppt)*

Vorhang (Ende des ersten Aktes)

(Sofort Einsatz eines Fanfarenmarsches, der bleibt während des Umbaues)

ZWEITER AKT

(Erste Szene)

(Glockengeläute, dann heulender Wind. Morgenstimmung. Burghof. Ritter Unkenstein allein)

UNKENSTEIN: Ha! ...der Wind pfeift durch die Zinnen meiner Burg.... fürwahr... ein schauriger Morgen bricht an....

(Hinter der Bühne kräht zweimal ein Hahn)

UNKENSTEIN: Und dennoch! Hier an dieser hundertjährigen Stätte, wo meine Tochter das Licht der Welt erblickte, soll sie ihr sündhaftes Leben verhauchen. Noch ehe die Sonne den neuen Tag verkündet, noch ehe die Fehde vor meiner Burg beginnt, will ich ihr Haupt zu meinen Füßen rollen sehen. *(Man hört fernen Trommelklang)* Ha!..es naht schon der Henkerszug. Dumpfer Trommelwirbel drinngt an mein Ohr... wohlan heute muß diese Schmach gerochen werden.

(Zweite Szene)

(Aufmarsch des Henkerzuges. Recke Heinrich, Trommler, Pfeifer, Scharfrichter. Wenn Musik verstummt meldet Heinrich)

HEINRICH: *(Zu Unkenstein)* Melde gehorsamst, der Henkerszug ist eingetroffen!

UNKENSTEIN: *(Zu Heinrich)* Sage dem Scharfrichter, er möge seines Amtes walten!

HEINRICH: *(Macht kehrt, zum Scharfrichter)* Du möchtest deines Amtes walten! *(Der Scharfrichter schüttelt den Kopf und redet leise auf Heinrich ein, dieser sagt immer erstaunt)* Na! Na! ja is das auch möglich?

UNKENSTEIN: *(Stoßt Heinrich mit dem Schwert in den Hintern)* Na was zögert ihr?

HEINRICH: *(Über die Schulter zu Unkenstein)* Moment! *(Macht dann kehrt und meldet Unkenstein)* Der Scharfrichter weigert sich, er kann die Fräuln Kunigunde net hinrichten!

UNKENSTEIN: Waaaas? Der Kerl weigert sich????

HEINRICH: Ja! ... er sagt, er kennt die Kuni schon solang, schon als kleines Kind hat er sie kennt und er bringt es nicht über Herz.... i kanns a verstehn... i kanns a verstehn.... aber trotzdem is es feig *(Zum Scharfrichter)* Du feiger Hund du feiger! ... was bist den nachher a Scharfrichter worden, wannst keine Leut umbringen kannst, das hättest dir ja gleich denken können, dass Du keine Ameisen zertreten mußt, sondern Leut umbringen.... scham dich... wärst a Schweinmetzger worden! du!

UNKENSTEIN: Recke Heinrich!... Jage diese Memme *(auf den Scharfrichter deutend)* von meiner Burg..... bespeie ihn!

HEINRICH: *(Packt den Scharfrichter und jagt ihn hinaus und spuckt ihm nach)*

UNKENSTEIN: Und das will ein Scharfrichter sein?

HEINRICH: A Stumpfrichter is' Er.

UNKENSTEIN:
HEINRICH: } *(Beide marschieren auf und ab)*

HEINRICH: Jetzt hamas! ... jetzt haben wir keinen Scharfrichter mehr... jetzt san ma extra um halberfünfe aufstanden umsonst... und das Richtschwert hat er auch noch mitgenommen der Bazi.... jetzt könnens eahnan Kind den Kopf abbeissen!!!

UNKENSTEIN: Das kann mich nicht hindern!

HEINRICH: Net den Hintern... den Kopf mein ich!

UNKENSTEIN: Dann laße ich meine Tochter in den Hungerturm werfen!

HEINRICH: Das geht net, da ist unsere ganze Proviant drinnen, die frißt sich ja deppert da drinnen.

UNKENSTEIN: Dann laße ich meine Tochter von der höchsten Zinne meiner Burg in die Tiefe stürzen!

HEINRICH: Das geht a net, da bleibts uns schließlich an einem Telefondraht hängen und dann kriegen wir's nimmer runter!

UNKENSTEIN: An was bleibt sie hängen?

HEINRICH: An an Telefondraht.

UNKENSTEIN: Telefondraht? was ist das?

HEINRICH: Na sie werden doch an Telefondraht kennen... Telefondraht... a halt aus den gibt es erst in fünfhundert Jahren... der wird erst erfunden!

UNKENSTEIN: Dann lasse ich meine Tochter in den Mühlbach schleudern.

HEINRICH: Das geht auch wieder net, weil grad Bachauskehr ist!

UNKENSTEIN: Verdammt! Heute geht überhaupt nichts!

TROMMLER: Dann laßt sie erschießen edler Herr!

HEINRICH: *(Zum Trommler)* Halt doch du dei Maul, er kann doch mit sein Kind machen was er will!

UNKENSTEIN: *(Zum Trommler)* Erschießen? .. Du Tropf! .. dieses Schandweib ist keinen Schuß Pulver wert!

HEINRICH: Dann gibts nichts anders und das wäre für eahna das einfachste und billigste und für sie das beste... begnadigen!

UNKENSTEIN: Waaas? begnadigen? ... du elender Wurrrrrrrm!

HEINRICH: *(Entrüstet)* Na na na na!

UNKENSTEIN: Ich will sie tot sehen... ich werde sie hängen lassen.. an den Galgen mit ihr!!!

HEINRICH: Ja den Galgen haben wir auch nimmer, den hab'n ma letzten Winter zusammeng'schnitten wie's so kalt war, weil ma ka Brennholz g'habt habn.

UNKENSTEIN: Dann lasse ich sie erwürgen, ... erdrosseln!

HEINRICH: Ja das geht! den Würgnagel haben wir noch, da sind schon hunderte drann bammelt... des geht.... aber wer soll's machen, wenn ma keinen Scharfrichter haben???

Unkenstein: Ich habe einen Scharfrichter..... Trommler!!!

Heinrich: *(Auf den Trommler deutend)* A der? ...der scheißt schon vorher in die Hosen.

Unkenstein: Trommler schlage einen Wirbel!!!

Trommler: *(Zittert und läßt einen Trommelstock fallen)*

Heinrich: Na du alter Depp! ...kannst net amal die zwei Stekkerln halten.

Unkenstein: *(Zum Trommler)* Wenn mir das noch einmal vorkommt, laß ich dich fotzen! *(Zu Heinrich)* Heinrich trete vor... hiermit ernenne ich dich zu meinem Scharfrichter!

Heinrich: *(Momentan ganz verdutzt)* Na! und niemals nein! Das kann ich nicht! Das Fräulein Kunigunde hinrichten, die ich schon als kleines Kind kennt hab *(Fängt zu heulen an)* das kann ich net nein das net... Ihnen jederzeit!

Unkenstein: Waaas? Kerl! Wage das ja nicht mehr zu sagen... du spielst mit Deinem Kopf verstanden! ...Ich befehle es dir du wirst meine Tochter hinrichten.

Heinrich: *(Fleht weinerlich)* Das kann ich net, das dürfens nicht verlangen von mir, das kann ich net *(heult weiter)*

Unkenstein: *(Zeigt Heinrich einen Beutel Gold)* Und wenn ich dir einen Beutel Gold dafür gebe????

Heinrich: *(Plötzlich ganz sachlich)* Ja um Gold schon... warum sagens denn das net gleich... um Gold jeder Zeit!

Unkenstein: Dann hole sie.

(Heinrich geht ab, gleich darauf hört man die Tochter gellend schreien. Beide kommen auf die Richtstätte)

Kunigunde: *(Fällt vor Unkenstein auf die Knie)* Ich will nicht sterben Vater! ich will leben... Gnade.. Gnade...!

Unkenstein: *(Lacht hämisch)* Gnade? ...die Peitsche!

(Der Trommler reicht Heinrich die Peitsche)

Unkenstein: Recke Heinrich! Gib ihr sechs Schläge!

Heinrich: Ersparen sie ihr doch diese Qual!

Unkenstein: Vorwärts! sechs Schläge sage ich!

Heinrich: *(Streicht wie spielend über den Rücken von Kunigunde)*

Unkenstein: *(Zornig)* Ja was den? hab ich gesagt du sollst sie kitzeln? Peitschen sollst du sie... kräftige Hiebe... vorwärts!

Heinrich: *(Gibt Kunigunde mit aller Kraft fünf Hiebe. Furchtbare Schreie)*

UNKENSTEIN: Das waren erst fünf!
HEINRICH: O das langt!
UNKENSTEIN: Soll ich den sechsten dir verabreichen lassen?
HEINRICH: Nein! ..da gieb ich ihn schon lieber der Kunigunde! *(Schlägt ihr noch einen über den Rücken. Kunigunde schreit natürlich bei jedem Schlag herzzerbrechend)*
UNKENSTEIN: Recke Heinrich! sage dem Trommler er möge das Todesurteil verlesen!
HEINRICH: *(Zum Trommler)* Du möchtest das Todesurteil verlesen.
(Der Trommler verliest das Urteil wobei Kunigunde wieder laut schluchzt)
HEINRICH: *(Der am ganzen Körper zittert, zu Kunigunde)* Sei stad Kuni, es is sowieso gleich vorbei! *(Nach der Urteilsverlesung)*
UNKENSTEIN: *(Zu Heinrich)* Den Stab!
HEINRICH: *(Bringt den Stab, sagt aber vorher zu Unkenstein)* Ich bitte nochmals um Gnade für die Kunigunde! – es ist Ihr einziges Kind edler Ritter!
UNKENSTEIN: Gib mir den Stab, sonst breche ich dich entzwei! *(Heinrich reicht den Stab und Unkenstein bricht ihn entzwei)* Hiermit breche ich den Stab über sie.
HEINRICH: *(Packt Kunigunde die noch immer am Boden kniet und schleppt sie an die Wand, legt ihr den Strick um den Hals. Kunigunde schreit laut. Heinrich ist fertig und schaut auf Unkenstein, der gibt das Zeichen zum erwürgen. Heinrich zieht die Schlinge zu, da schreit Unkenstein)*
UNKENSTEIN: Halt Gnade! Gnade!
HEINRICH: *(Läßt sofort den Strick locker, doch Kunigunde fällt leblos zu Boden, alle schweigen einen Augenblick)*
UNKENSTEIN: *(Niedergeschlagen)* Zu spät!!!
DAS VOLK: Zu spät!
HEINRICH: *(Reicht Unkenstein die Hand hin um sein Gold zu empfangen, dieser drückt ihm die Hand, Heinrich sagt)* Nein mein Gold will ich!
UNKENSTEIN: Gold? ...ach Deinen Lohn *(wirft den Beutel in Heinrichs Hand)* Hier! du Judas! .. Um Gold! um schnödes Gold! .. hast du das Liebste was ich hatte, meine Tochter umgebracht... da sieh sie dir an.. meine Tochter tot!

HEINRICH: Wer sagt denn das? *(Beugt sich zu Kunigunde)* Fräulein Kuni stehns auf!

(Hilft Kunigunde aufstehen)

UNKENSTEIN: Was meine Tochter lebt? ja bin ich von Sinnen?

HEINRICH: Nein von Grünwald!

UNKENSTEIN: Aber Recke Heinrich du hast sie doch erwürgt, erdrosselt?

HEINRICH: *(Lachend)* Ja aber mit einem Gummistrick *(Alle lachen)*

Vorhang

Ritter Unkenstein. Hinrichtung von Ritter Lenz

Schauer-Schauspiel von KARL VALENTIN 1942.

Vorspiel zum:

2. AKT
1. Bild

Morgengrauen – Glockengeläute – der Richtpflock steht auf der Bühne, im Hintergrund Ritter Unkenstein, neben ihm Kunigunde, seine Tochter – Recke Heinrich und der Scharfrichter mit dem Beil. – – –

Recke Heinrich holt den Deliquenten aus dem Burgverlies und führt ihn zum Richtblock. – Ritter Rodenstein wird von einem kleinen Mann dargestellt (Grösse ungefähr 1.50) Auf seinen Schultern ist eine Stellage aus Draht oder dergl. aufgesetzt und kostümiert, damit der wirkliche Kopf des Mannes verdeckt ist. Ein falscher Kopf mit rotem Vollbart und Perücke, an welchem die Augen mit schwarzer Binde verbunden sind (der Kopf ist Papiermache, Gummi oder dergl.) Sitzt auf einem Hals, welcher aus irgendeiner Masse ähnlich einem schwarzen Pressack mit Gurgel hergestellt wird. Dieser Hals wird mit dem Rumpf und dem falschen Kopf fest verbunden und kann dann bei der Hinrichtung mit dem Beil getrennt werden, wobei imitiertes Blut die Illusion des Köpfens erhöht. [...] Zwischen der Hin[r]ichtung und dem nächsten Akt sind zwei Tage vergangen. – Dieses muss dem Publikum bekanntgeben werden.

2. Bild

Ritterstube des 1. Aktes. Personen.

KUNI: *(sitzt mit ihrem Wickelkind auf dem Arm in der Ritterstube. Und singt ein Wiegenlied)*

Schlaf Kindlein schlaf
Dein Vater ist kein Graf
Dein Vater ist ein Ritter – –
Dass tot er ist, ist bitter –
Schlaf Kindlein – schlaf!

Schicksal warum warst du mit mir so grausam – ich bin da – das Kind ist da – – Ritter Rodenstein ist nicht mehr da – er ist tot und der richtige Vater von dir – – er lebt! *(mit erhobenen Händen)* Was soll das noch werden?

HEIN: *(kommt leise herein)* Was ham jetzt Sie grad gsunga Frl. Kunigunde?

KUNI: Ach Heinrich hättest du doch grad einen richtigen Strick genommen bei meiner Hinrichtung, statt diesen verfluchten Gummistrick, dann wären mir alle Qualen erspart geblieben! Mein Vater hat in seinem Zorn den Ritter Rodenstein köpfen lassen.

HEIN: Ja und? – – Da schauns hin – ihr Kind!

KUNI: Ja, was ist denn mit meinem Kind?

HEIN: Wachsen tuts.

KUNI: Das sieht man aber doch nicht!

HEIN: Was is denn eigentlich mit dem Rodenstein?

KUNI: Der is doch unschuldig!

HEIN: Machens keine Witze, wieso?

KUNI: Er ist ja nicht der Vater dieses Kindes gewesen!

HEIN: Jess Maria! – Ja wer is denn dann der Vater?

KUNI: Ach Heinrich, wenn du unbedingt wissen willst, wer der Vater ist, – – der Ritter mit dem roten Spitzbart.

HEIN: Der Ritter Lenz von Ismaning? Gell – ich hab damals doch recht ghabt! Ja weiss es Ihr Vater schon?

KUNI: In meiner Verzweiflung habe ich es ihm gestanden, weil ich doch den Ritter Rodenstein noch retten wollte, aber es war schon zu spät. Und jetzt hat der Vater auch noch Schritte gegen den Ritter Lenz unternommen und hat ihn in unseren Hungerturm werfen lassen.

HEIN: Ja braucht man denn zum Hungern einen Turm?

KUNI: Ach red doch nicht so dumm daher. Weisst du Heinrich, ich habs selbst gar nicht geglaubt, denn ich war ja doch nur einmal mit ihm zusammen!

HEIN: Na ja – einmal genügt auch für ein Kind – – und dann noch was – – warum haben Sie denn mit dem Rodenstein auch ein Techtelmechtel betrieben?

KUNI: Schau Heinrich – den Rodenstein kenn ich schon von Jugend auf – wir sind Nachbarn gewesen. Und ausserdem kann ich doch nicht alle drei Tag nach Ismaning zum Ritter Lenz hinunterreisen.

HEIN: Warum alle drei Tag?

KUNI: Ach Heinrich frag doch nicht so dumm. Ausserdem mag mich der Ritter Lenz gar nicht mehr – der hat mich ja sitzen lassen. Sei still, mein Vater kommt – – *(Heinrich geht ab)*

RITT: Gibt es sonst keine Arbeit in meiner Burg, als dass Ihr hier zusammen schwätzet – – Ach mein Kind es ist ein hartes Dasein. Was ist alles über mich hereingebrochen. Meine eigene Tochter wollte ich erwürgen lassen, aber durch die Schläue des Recken Heinrich, der dich mit einem Gummistrick erwürgte, bliebst du mir erhalten. Kurz und gut – ich habe dich wieder mein Kind, und auch dein Kind – mein Enkel ist mir geblieben, aber dass ich mich vergass – und den Vater deines Kindes irrtümlich enthaupten liess, lässt mich keine Ruhe mehr finden. Ich möchte ihm verzeihen, aber er ist tot.

KUNI: Ja, er ist tot.

RITT: O könnte ich ihn nur um Verzeihung bitten.

KUNI: Das kannst du.

RITT: Was sagst du?

KUNI: *(Geheimnisvoll zum Vater)* Er ist im Haus.

RITT: Bist du wahnsinnig geworden?

Kuni: Er ist im Haus. Täglich nachts in der Geisterstunde zwischen 12 und 1 Uhr geht er in der Burg um. Er zieht durch alle Gemächer.

Ritt: Was schwätzest du für Mist.

Kuni: Ja ja Vater – der Recke Heinrich hat es mir erzählt. Er hätte ihn selbst gesehen, wie er nachts in unserem Kellergewölbe als Geist umherwandelt.

Ritt: Erzählest du mir Märchen?

Kuni: Nein mein Vater, es ist so.

Ritt: Wo ist Heinrich? *(ruft dem Heinrich)*

Hein: *(kommt)* Was ists! Sie haben mir gerieft?

Ritt: Ich vernahm eben die Kunde, aus dem Munde meiner Kunigunde, dass du Ritter Rodenstein in unseren Katakomben unten gesehen hättest.

Hein: Ja ja edler Ritter, es ist so – [m]ir schaudert die Haut, wollte ich Ihnen davon erzählen.

Ritt: Spreche Heinrich.

Hein: Ihr schicktet mich vor ein paar Tagen in den Keller um Wein zu holen. Es war nachts 12 Uhr. Ich ging die Kellertreppe hinabi und als ich guckt zur Tür hinein, da huben dort im Mondenschein Gespenster schrecklich anzusehen – so ungefähr a stuckera zehn. Ich schlich mich durch den langen Gang – da hörte ich ein Gewimmer – ich ging dem Gewimmer entgegen und wer stand vor mir.....

Ritt: *(mit starren Augen)* Rodenstein!

Hein: Nein – ein grosses Weinfass –

Ritt: Ach so – – weiter weiter – –

Hein: Der Wind heulte in den Gedärmen – ah – Gemächern wollt ich sagen – im Burghof heulte der Hund – – da hörte ich auf einmal einige Schritte gehen – – ich stoppte meine Gebeine und wer steht vor mir......

Ritt: *(wieder mit starrem Blick)* Ritter Rodenstein?

Hein: Nein – wieder ein Weinfass.

Ritt: Ach leck mich doch jetzt bald am Arsch mit deinen Weinfässern.

Hein: Da plötzlich bog ich um die Ecke und ging schnurrstracks weiter und in einem matten Kerzenschimmer – wer stand vor mir?

Ritt: Wieder ein Weinfass?

Hein: Nein – der Rodenstein!

RITT: Was sprachte er zu dir?
HEIN: Das kann ich nicht sagen.
RITT: Warum nicht – – ich will es wissen.
HEIN: Das wäre zu mannigfaltig, würde ich das verraten.
RITT: Er hat mich ganz sicher verflucht.
HEIN: *(zögert)* – – Reden wir von was anderm. Was will der edle Ritter heute zum Mittagmahl?
RITT: Nichts will ich mahlen.... wissen will ich, was der Geist Rodenstein zu dir gesagt hat.... das macht mich stutzig.
HEIN: Ich sage nur das eine... Gehen Sie niemals zu nächtlicher Stunde in den Keller. Es wäre schrecklich für Sie.
KUNI: Tu das nicht, Vater – Heinrich hat recht. Man soll die Geister nicht versuchen – wehe – wehe – wehe – es könnte euch ein Leid zustossen.
RITT: Paperlapapp – Heinrich sorge für drei Laternen – es ist gleich 12 Uhr – wir gehen hinunter zu Rodenstein.
HEIN: Ich würde euch edler Ritter abraten solche Schritte zu unternehmen, denn es gehen dort viele Gespenster um – deren Anblick Euch zum Gruseln veranlassen würd.
RITT: Geist hin oder her – ich befehle dir, die Katakomben zu öffnen und wir steigen zusammen hinunter. Ich will Ritter Rodenstein um Verzeihung bitten – ich will mit ihm sprechen.
HEIN: Er kann ja nicht mehr sprechen –
RITT: Wieso, ein Geist kann doch jedenfalls auch sprechen.
HEIN: Ja schon, aber der Rodenstein überhaupt nicht mehr.
RITT: Warum nicht?
HEIN: Er hat doch keinen Kopf mehr. Den haben Sie ihm doch runter hauen lassen.
RITT: Er hat keinen Kopf mehr?
HEIN: Ein geköpfter hat doch niemals mehr einen Kopf.
RITT: Ja wo hat er ihn denn dan?
HEIN: Im Arm.
RITT: Das ist ja schauerlich. Und dennoch gehen wir hinunter, dann spreche ich halt mit dem Kopf allein.
HEIN: Tun Sie das nicht. Das strengt ihn vielleicht sehr an.
RITT: Zünde die Kerzen an, wir gehen. Du gehst voraus, wir folgen dir.
(Vorhang bleibt offen, das Hörspiel beginnt)

3. Bild

(Hörspiel durch Mikrophon auf den Bühnenlautsprecher übertragen)

(Ritter Unkenstein, seine Tochter Kunigunde und Recke Heinrich verlassen die Bühne, um sich in die Katakomben der Burg zu begeben. Mit Stallaternen in der Hand verschwinden alle drei von der Bühne. In diesem Moment sprechen und spielen alle drei Personen vor dem Mikrophon welches in der Garderobe neben der Bühne aufgestellt ist. Man hört das Getrampel, wie alle drei die Kellertreppe hinuntersteigen)

KUNI: *(mit zitternder Stimme)* Es ist eiskalt in diesen unheimlichen Kellergewölben. Der Sturm heult durch die Kellerfenster.

HEIN: Ich kenne keine Furcht, es sei denn ich bekäme Angst.

KUNI: *(schreit aus voller Kehle)* aaaaah –

RITT. u. HEIN: *(erschrecken)* Was ist los?

KUNI: Eine Maus, eine Maus!

HEIN: Ausgeschlossen, wir haben keine Mäuse da herunten, das sind vielleicht nur Ratten.

RITT: Wo ist Rodenstein?

HEIN: Der kann noch net da sein, es ist ja noch nicht 12 Uhr. Wir gehn halt jetzt durch den langen Gang in das hintere Gewölbe, da hab ich ihn gestern Nacht gesehen.

KUNI: Hoffentlich sehen wir ihn nicht.

RITT: Du dumme Gans – wir wollen ihn doch sehen, deswegen sind wir doch runtergegangen. *(es schlägt 12 Uhr. Beim 12. Schlag heult der Wind stärker – Krähengeschrei, Klopfen.)*

KUNI: Herein.

HEIN: Da brauchens nicht herein sagen – das sind ja nur die Klopfgeister. Die klopfen ja nur, weils sonst auch nichts zu tun haben.

RITT. HEIN. KUNI: *(zugleich)* Jess Maria! – – – Jetzt kommt er daher.

RITT: Seinen eigenen Kopf tragt er im Arm daher.

HEIN: Hoffentlich lasst er ihn net fallen, sonst kriegt er noch eine Gehirnerschütterung.

KUNI: Wie er nur ohne Kopf gehen kann.

HEIN: Ja, er geht doch mit den Füssen.

RITT: Jetzt gehe ich hin zu ihm, und bitt ihn um Verzeihung. »Mein

Lieber alter Freund Rodenstein! – Es tut mir leid, dass ich dich unschuldig köpfen liess. – Ich werde das nie mehr tun.«

ROD: *(mit Geisterstimme)* Das glaube ich dir gern, strenger Ritter Unkenstein. Ich habe ja auch nur einen Kopf gehabt und diesen einen hast du mir abschlagen lassen.

HEIN: Edler Ritter Rodenstein! Haben tust du ihn ja noch – wirf ihn nur net weg – man weiss nie, wie man so was wieder einmal brauchen kann.

RITT: Aber es wird dir eine Genugtuung sein, dass ich den Ritter Lenz von Ismaning auch aufhängen lasse – der kann dir dann Gesellschaft leisten, da herunten in diesem langweiligen Labyrinth.

ROD: Das hat es nicht nötig – wenn schon, dann lasse deine Tochter enthaupten – – deine Kunigunde – mit der kann ich mich besser unterhalten in der Geisterstunde.

RITT: Du liebst sie auch noch als Geist, wie diese Bemerkung beweist. Wir müssen jetzt wieder gehen – – leb wohl Ritter Rodenstein – auf Wiedersehen.

ROD: Was heisst: Lebe wohl – ohne Kopf.

4. Bild

(Alle kommen nun wieder auf die Bühne und das Tribunalgericht beginnt)

(Ritter Unkenstein sitzt in der Burgstube als Präses des Tribunals. Links und rechts neben ihm sitzt je ein Ritter. Kuni sitzt seitwärts, Unkenstein spricht zu Heinrich):

RITT: Schleppe mir sofort den Ritter Lenz aus dem Burgverlies und bringe ihn hieher.

HEIN: Jetzt gleich?

RITT: Was heisst gleich?

HEIN: Na i moan, weil er grad Abendessen tut.

RITT: Was –? Im Hungerturm? Statt zu hungern tut er abendessen?

HEIN: Natürlich. Wenn er nichts zu essen hätt, dann stürb er ja und wenn er gestorben wäre – dann könnte er ja nicht mehr hungern. Was tät er dann noch im Hungerturm?

RITT: Also, los, schlepp ihn herbei!

HEIN: *(geht ab und holt den Lenz)*

KUNI: *(Zum Vater)* Lieber Vater, ich bitte euch, seid mit meinem Ritter Lenz, mit meinem zukünftigen Gatten nicht gar so streng und gebet euer Jawort, auf dass er mich zum Altar führe.

RITT: Das kommt erst drauf an, was der saubere ehrlose Ritter zu seiner Verteidigung hervorzubringen weiss.

HEIN: *(bringt Lenz gefesselt vor das Tribunal)*

LENZ: *(kniet sich vor Ritter U. nieder mit den Worten)* Ich liege untertänigst zu euren beiden Füssen.

KUNI: *(Fällt ihm um den Hals und schluchzet)* Mein Geliebter – du und sonst keiner soll es sein!

RITT: *(zu Lenz)* Ritter Lenz, Ihr habt ein heimliches Spiel mit meiner Tochter Kunigunde betrieben, aus dessen Folgen ein uneheliches Knäääählein entsprungen ist – Ich frage euch hier vor Zeugen: Seid Ihr der Vater des Kindes meiner Tochter. Nein oder ja!

LENZ: Ja.

RITT: Wollt Ihr meine Tochter zum Traualtar führen.

LENZ: Nein!

ALLE: *(murmeln durcheinander)* Der gemeine Kerl, der Schuft – der ehrlose Schurke.

RITT: Ich frage dich nochmals: Willst du meine Tochter heiraten – von mir aus liegt nichts im Wege und meine Tochter liebt dich. Also, willst du meine Tochter heiraten?

LENZ: Nein ich kann nicht!

RITT: Du kannst nicht heiraten? Heiraten ist doch keine Kunst! Heiraten kann doch ein jeder!

LENZ: Ich nicht!

RITT: Wart Schurke, ich werde dir die Heirat erpressen. *(zu HEIN:)* Hole die Daumenschraube herbei.

(Hein holt die Daumenschraube und Lenz wird mit zwei Daumen in die Schraube gespannt)

RITT: *(Zum Heinrich)* Ziehe die Schrauben an *(Lenz stöhnt)*.

RITT: *(Fragt:)* Willst du meine Tochter heiraten.

LENZ: *(Wimmert)* Ich kann nicht.

RITT: *(zu Heinrich)* Ziehe die Schrauben fester an.

LENZ: *(krümmt sich und schreit)* Nein ich kann nicht!

RITT: Schraube noch fester! Ich frage dich nochmals, willst du meine Tochter heiraten?

LENZ: *(brüllt noch besser)* Ich – – *kann* – – *nicht* – –

RITT: Zum Donnerwetter nocheinmal – – warum kannst du meine Tochter nicht heiraten? Warum willst du meine Tocher nicht zur Frau?

LENZ: Weil i scho oane hab!

HEIN: Was – er hat schon eine Frau?

RITT: Und meine Tochter hat von dir ein Kind!?

LENZ: Meine Frau hat ja schon elfe von mir!

HEIN: Na ja – sans froh edler Ritter, dass anso is – – dann is as Dutzend voll! Furchtbar wärs nur, wenn die Kunigunde, von ihm 11 ledige hätt und seine Frau von ihm blos eins.

RITT: Ja, das ist eigentlich wahr. – – Aber Strafe muß sein. *(Er besinnt sich)* Er soll seiner Freiheit beraubt werden.

HEIN: Nun ja – dann lassens ihn doch wieder bei seiner Frau!

5. Bild

(spielt ebenfalls in der Ritterstube von Unkenstein)

RITT: Nun wollen wir aber heben an eine Versöhnung zu feiern, die sich gewaschen hat. Heinrich schleppe 5 Kannen von unserem guten Rotwein herbei. Mit dem stärksten Rebensaft will ich euch laben. Auch bringe das leckerste aus der Küche hierher.

HEIN: *(geht ab und holt Speise und Trank)*

KUNI: *(Deckt inzwischen den Tisch und stellt mit Heinrich verschiedenes auf den Tisch. Eine Laute hängt an der Wand, welche bei dem Weingelage zur Begleitung von Landsknechtsliedern dient.)*

RITT: So Ihr Ritter und Mannen lasst euch meinen Wein gut munden, ergreift die Becher, auf dass wir den Vater meines kleinen Enkels Hunibald hoch leben lassen.
(Alle erheben sich von den Sitzen) Der zukünftige Schlossherr, mein kleiner Ritter, Ritter Hunibald von Unkenstein, er lebe hoch, hoch hoch – –

HEIN: *(Säuft seinen Krug auf einmal aus und sagt:)* aah –

RITT: *(zu Hein.)* Brav, mein Recke, du hast einen guten Zug im Halse, nur fürchte ich dass dich dieses grosse Quantum Rebensaft bald zu Boden zwingt. Aber vorher lasse noch einige Trutzverschen über uns ergehen:

HEIN: *(nimmt die Laute und singt)*

Rittermänner lasst die Becher klingen,
Heute wollen wir das Glück besingen
Heute wollen wir alle lustig sein
Hoch lebe unser Enkelein
(nach jedem Vers Rittergebrumm)

Und der Ritter drunt von Eulenbach
Hat mit seiner Gattin öfters einen Krach –
Sie ist ein Mistviech ein ganz derfeits
der Mo hat mit dem Weib sei Kreuz

Und der Ritter von Hahnenspiess
der hat den Wolf zwischen die Füss
sitzt er mit dem Wolf auf dem Ross
Sind sie Schmerzen sehr gross

Und der Ritter von Freising drunt
Is ein ganz gspassiger Hund
Sieht er ein Mädchen gehn
Bleibt er glei stehn.

(Heinrich ist nun auf das Kannenleeren schnell besoffen und erlaubt sich in diesem Zustand viel zu viel mit der Kunigunde. Als er die K. sogar küsst, wird Ritter Lenz eifersüchtig und es beginnt ein furchtbarer Wortwechsel, der in eine Rauferei ausartet, bei welcher mit allerlei Gegenstände, Blumentöpfe usw. geworfen [wird,] aber der Streit wird von Unkenstein wieder geschlichtet.
Die Sauferei nimmt ein Ende. Vor dem Abschied entspinnt sich jedoch wieder ein Streit und zwar deshalb, weil Ritter Lenz das Kind mit sich nach Haus nehmen will.)

LENZ: *(aufgebracht)* Was – ihr wollt mir mein Kind nicht mitgeben?
KUNI: Du bist verrückt – das ist doch mein Kind.
LENZ: Aber das Kind hab doch ich ......
KUNI: Und ich habs geboren!
HEIN: Ihr werd euch doch net wegen dem kleinen Kind da streiten. *(nimmt das Wickelkind, legt es auf den Tisch und schneidet es mit dem Schwert mitten auseinander.)*
Da hast du die Hälfte und da hast du die Hälfte und jetzt gebts miteinander eine Ruhe.

ENDE.

Ritter Unkenstein.
Musterung in alter Zeit

v. Karl Valentin, 25.2.42.

(Spielt im 15. Jahrhundert auf Burg Grünwald im Isartal. Ort der Handlung leeres Zimmer mit Tisch – auf dem Tisch liegen alte Pergamentpapiere und der Ritterhelm des Ritterstabsarztes. Am selben Tisch sitzt daneben der Schreibergeselle Daniel. Dieser hat ein altes Fass Tinte, einen kleinen Kübel Streusand vor sich. In dem Tintenfass steckt eine Gansfeder zum Schreiben. Ein altdeutscher Stuhl für den Schreibergesellen.)

Personen:
Der Ritterstabsarzt Kaspar Medizius . . . .
Der Schreibergeselle . . . .
Rumpfentupf (mit Sommersprossen) . . . .
Moselmost (Feigling) . . . .
Orschlo (Nachtwächter mit Hyazinthen) . . . .
Hepperdepperneppi (mit Schnackler) . . . .
Benedick Schlslschl (Darmstörung) . . . .
Bruno Zweigbaum (schlechte Augen) . . . .
Franz Pliventrans (Gähnen) . . . .

DANIEL: *(spricht zum Medizius)* Herr Stabsarzt! Was hat denn unser Ritter Unkenstein eigentlich vor, dass er so schnell 1000 Mann Kriegsvolk braucht?

MEDIZIUS: Das wissen Sie noch nicht? – Er hat doch dem Ritter Lenz auf Schloss Ismaning den Kampf angesagt, und da sollen wir aus dem ganzen Isartal von Harlaching bis Wolfratshausen, Kriegsvolk ausmustern und zwar 1000 Mannen – wie er sich das vorstellt!

DANIEL: Ich kann mir das auch nicht vorstellen, dass wir die 1000 Mannen zusammenbringen, denn von 985 Mannen, die wir nun seit drei Wochen gemustert haben, sind alle untauglich – der Eine hat keine Zeit – der Andere mag nicht – der Dritte hat kein Interesse usw. Heute kommen die letzten 15 Mann zum abmustern.

MEDIZIUS: – – – Was? 15 Mann haben wir nurmehr zu mustern? – – – Also lassen Sie einen nach dem anderen herein, damit wir endlich fertig werden mit dieser verdammten Musterei – wenn die 15 auch noch untauglich sind, dann muss sich der gute Herr Ritter Unkenstein zu seinem Krieg Bleisoldaten giessen lassen. Also herein mit dem ersten Mann.

RUMPFENTUPF: *(tritt ein)*

MEDIZ.: Sie heissen?

RUMPFENTUPF: Balduin Rumpfentupf.

MEDIZ: Was sind Sie?

RU.: Bärenfellgerber.

MEDIZ.: Haben Sie irgend ein kränkliches Gebrechen, welches Sie am Kriegsdienst hindert?

RU.: Ich habe Sommersprossen!

MEDIZ.: Im Winter auch?

RU.: Nur im Sommer!

MEDIZ.: Also nur für Sommerschlachten geeignet. Halbe Sache, untauglich. Der Nächste.

MOSELMOST *(tritt ein)*

MEDIZ.: Sie heissen?

MOSELM.: Carolus Moselmost!

MEDIZ.: Was sind Sie?

MOSELM.: Ein Feigling!

MEDIZ.: Untauglich für den Krieg, abtreten, der Nächste!

ORSCHLO *(tritt ein)*

MEDIZ.: Sie heissen?

ORSCHLO: Kuno Orschlo!

MEDIZ.: Was sind Sie?

ORSCHLO: Nachtwächter!

MEDIZ.: Dann haben Sie also am Tage nichts zu tun?

ORSCHLO: Doch, da muss ich meine Laterne instand setzen für die kommende Nacht, ausserdem habe ich Hyazinthen, die mir grosse Schmerzen verursachen.

MEDIZ.: Die heissen nicht Hyazinthen sondern Hämoriden, untauglich, abtreten. Der Nächste. *(Hepperdepperneppi tritt ein)*

MEDIZ.: Sie heissen?

HEP.: Justus Hepperdepperneppi!

MEDIZ.: Was sind Sie?

HEP.: Schiffer!

MEDIZ.: Wo schiffen Sie?

HEP.: In der Isar!

MEDIZ.: Haben Sie irgend ein Leiden?

HEP.: Ich habe hie und da den sogenannten Schnackler.

MEDIZ.: Glauben Sie, dass Sie der Schnackler am Kriegsdienst hindert?

HEP.: Gewiss Herr Stabsarzt, ich stelle mir vor, wenn ich z. B. Schissssen muss, in dem Moment wo ich ziele und drücke ab könnte ich den Schnackler bekommen *(hup Schnackler)* verreisst es mir evtl. das Gewehr und ich schisssse daneben.

MEDIZ.: Möglich. Abtreten, der Nächste!

BEN. SCHLSLSCHL: *(tritt ein)*

MEDIZ.: Sie heissen?

SCHLSLSCHL.: Benedickt Schlslschl!

MEDIZ.: Was treiben Sie?

SCHLSLSCHL.: Säue, ich bin Sautreiber!

MEDIZ.: Haben Sie irgendein körperliches Gebrechen?

SCHLSLSCHL.: Ich bin sehr darmschwach!

MEDIZ.: Erklären Sie mir das näher!

SCHLSLSCHL.: Wenn ich z. B. über was erschrecke, und mich aufrege, bekomme ich sofort einen Durchfall!

MEDIZ.: Wie äußert sich der? Das könnte jeder sagen, dafür brauche ich Beweise!

SCHLSLSCHL.: Wenn ich das beweisen muss, dann brauchen Sie mir nur zurufen tauglich! Schon haben Sie den Beweis!!

MEDIZ.: Pfui Teufel, untauglich, abtreten. Der Nächste! eintreten!

KUNO ZWEIGBAUM *(tritt ein)*

MEDI.: Sie heissen?

ZWEIGB.: Kuno Zweigbaum!

MEDIZ.: Was haben Sie für ein Gewerbe?

ZWEIGB.: Flösser!

MEDIZ.: Sind Sie gesund?

ZWEIGB.: Danke schön Herr Stabsarzt, unberufen! Nur sehen tue ich ein wenig schlecht!

MEDIZ.: Würden Sie im Kriege den Feind sehen, wenn er auf Sie zukommt?

Zweigb.: Nein! – Ich will auch gar keinen sehen!

Mediz.: Ja, wenn Sie keinen Feind sehen wollen, dann lassen Sie es bleiben, sind wir gleich fertig. Untauglich. abtreten, der Nächste!

Pliventrans *(tritt ein)*

Mediz.: Sie heissen?

Pliv.: Franz Pliventrans!

Mediz.: Beruf?

Pliv.: Sternschnuppenzähler!

Mediz.: Sind Sie gesund oder nicht ungesund?

Pliv.: Ich habe Hemmungen!

Mediz.: Das sind dumme Angewohnheiten, die werden wir Ihnen schon abgewöhnen!

Pliv.: Da wäre ich Ihnen zu grossem Dank verpflichtet Herr Stabsarzt! – Meine Haupthemmung ist die, wenn ich einige Sekunden mit irgendjemanden spreche, wie z. B. jetzt mit Ihnen, dann fange ich zu gähnen an, und das ist sehr ansteckend auch für den Anderen.

Mediz.: Um Gotteswillen!! *(wird nervös)*

Pliv.: *(fängt schon an zu Gähnen, reisst das Maul furchtbar weit auf.)*

Mediz.: *(gähnt auch schon)*

Schreibergeselle *(zum Medizinus)* Au weh Herr Stabsarzt, jetzt hat er Sie schon – schon – schon *(gähnt auch schon)* angesteckt.

Schreibergeselle *(gähnt nun auch schon bei jedem Satz)*

Mediz.: *(Kann auch nur immer einige Worte sagen und gähnt wieder dazwischen und sagt zum Schreibergesellen)* Der Mann da ist un – un – *(gähnt)* tauglich!

Schreibergeselle *(z. Pliventrans der auch [...] eben wieder gähnt)* Sie sind un – un – *(gähnt)* tauglich. Schauns, dass Sie sofort hin – hin *(gähnt)* auskommen! Sie haben uns mit Ihrer saudummen Gäh – Gäh *(gähnt)* nerei angesteckt!

Medizi.: So – so – *(gähnt)* fort hinaus mit dem Burschen! Der Nächste soll – soll – soll – hereinkommen!

(Pliventrans geht aber nicht, sondern er will sich freiwillig melden zum Kampf gegen Ritter Lenz!)

Mediz.: *(z. Pliv.)* Hinaus sag' ich, wir könen – können *(gähnt)* Sie nicht brauchen. Sie würden ja das ganze 1000 Mannen starke Heer mit Ihrer saudummen Gähnerei anstecken! Da würde ja der Ritter Un – Un – Unkenstein seinen Kampf verlieren, wenn die Soldaten statt schiessen immer gäh – gäh – nen würden! Also untauglich, weiter!

DANIEL: *(z. Pliv.)* So gehen Sie doch endlich weiter, mir tut schon das Maul weh!

PLIV.: Dann können Sie mich, dann können Sie mich zum Innendienst verwenden!

MEDIZ.: *(schreit)* Um gotteswillen! Wir müssen ja hier arbeiten und nicht gäh – gäh – gähnen!

(Drei Männer, die noch gemustert werden sollen, kommen herein und beklagen sich, dass sie schon so lange draussen warten, sie hätten keine Zeit mehr, sie möchten doch jetzt endlich gemustert werden, wie aber die Drei im Musterungszimmer sehen, dass der Stabsarzt und der Schreibergeselle und der Pliventrans immer gähnen, fangen sie auch alle an zu gähnen.)

MEDIZ.: *(schaut nun ins Publikum und sieht im Zuschauerraum auch schon – einige gähnen – und schreit)*: Um gotteswillen, das ist ja die reinste Gähnepedemie, alles gähnt, Wer schafft hier Abhilfe?

DANIEL: Ich hab ein Mittel dafür! *(schreit)* Licht aus!!!!

(Das Licht geht im Zuschauerraum und auf der Bühne aus, der Vorhang geht im Finsteren zu und das Stück ist aus.)

Besuch bei Ritter Unkenstein

Komödie von Karl Valentin vom 6.3.42.

Ort der Handlung Schloss Grünwald im Isartal, Zeit 14. Jahrhundert.

Personen: Ritter Unkenstein . . . .
Blasius Meier Aktuar . . . .
Die Ahnfrau . . . .

Die Komödie spielt im Burgzimmer des Ritter Unkenstein (Mobiliar: 1 altdeutscher Tisch, 2 Stühle, an der Wand ein alter Lehnstuhl, Trinkgefässe aus Zinn usw.)
(Ritter [Unkenstein]: und sein Freund Blasius Meier aus München sitzen in der Burg Grünwald im Ritterstüberl um Mitternacht noch beisammen).

RITTER: Mein lieber Freund Blasius, das war heute ein schöner Abend, es ist nur schade, dass Du so selten zu mir kommst.

BLASIUS: Lieber Unkenstein, des öfteren würde ich zu Dir kommen, aber der weite Weg von München nach Grünwald ist das einzige Hindernis. Bei Tage ist die Reise nicht schwierig, aaaber des Nachts die Heimreiterei durch die finsteren Wälder ist nicht so einerlei, Du weisst ich bin eine ängstliche Natur und habe immer furchtbare Schiss, sollen doch um Mitternacht alle möglichen Dinge vor sich gehen, von denen man nicht gerne spricht und jetzt ist es schon halb 12 Uhr, ich glaube ich reite jetzt heim.

RITTER: Weisst Du was Blasius? Du schläfst heute bei mir.

BLASIUS: Bei Dir?

RITTER: Nein nicht bei mir, bei mir schläft meine Frau.

BLASIUS: Im Bett?

RITTER: Nicht im Bett, im Schlafzimmer.

BLASIUS: Aber auch im Bett.

RITTER: Natürlich im Bett, in ihrem Bett.

BLASIUS: Und Du schläfst immer in Deinem Bett.

RITTER: Immer schliesslich auch nicht.

BLASIUS: In ihrem Bett?

RITTER: Nein! – mir wechseln halt ab, einmal schlafe ich in meinem

Bett, dann schläft sie in den meinem und in ihrem Bett schlafe ich, und wenn ein Bett in Reparatur ist, dann schlafen wir........... alle beide – – im Fremdenzimmer, da haben wir auch 2 Betten, und in diesem Fremdenzimmer kannst Du heute bei uns übernachten.

BLASIUS: Aber ich kann doch nicht allein in 2 Betten liegen.

RITTER: Nein, das kannst Du nicht, aber soweit ich Dich kenne, traust Du Dich ja nicht auf einer alten Ritterburg allein schlafen, wegen der Geisterstunde.

BLASIUS: *(erstaunt)* Ja geht's im Fremdenzimmer auch um?

RITTER: Selbstverständlich, umgehen tut's um 12 Uhr nachts in allen Räumen der Burg.

BLASIUS: Um Gottes Willen! Ja wenn ich heute schon dableiben muss, dann schlafe ich gleich hier in dem Lehnsessel.

RITTER: Das kannst Du auch.

BLASIUS: Es ist schon bald 12 Uhr, ich habe jetzt schon eine Gänsehaut.

RITTER: Blasius! – – sei ein Mann!

BLASIUS: Das bin ich leider nicht, vor Geistern fürchte ich mich entsetzlich, besonders vor der Ahnfrau brrrr!

RITTER: Ach papperlapapp – Du setzt Dich einfach in den Lehnsessel, die Kerze läßt Du brennen und wenn es 12 Uhr schlägt, dann lasse es spucken, kümmre Dich nicht darum und wenn Dir die Ahnfrau erscheint, dann sei nett und lieb zu ihr, wiederspreche ihr nichts, es ist alles halb so schlimm, wie Du Dir die Sache vorstellst.

BLASIUS: Und ich bin ganz allein in dem Zimmer?

RITTER: Was heisst allein? Wenn die Ahnfrau da ist, dann seid ihr doch zu zweit.

BLASIUS: Wenn nur wenigstens noch Deine Köchin bei mir schlafen würde, dann...

RITTER: Ja freilich – – das tät Dir so passen, im übrigen muss ich jetzt gleich noch zur Köchin hinübergehen und muss ihr sagen, wann Du morgen früh geweckt sein willst.

BLASIUS: So um 6 Uhr.

RITTER: Gut um 6 Uhr soll sie Dich wecken – – – also mein lieber Blasius es ist jetzt bald 12 Uhr, wir trinken noch einen Becher guten Rebensaft, der macht Mut – – Prost! alter Freund.

BLASIUS: Prost! Unkenstein. *(Blasius führt zitternd den Becher zum Munde.)*

Ritter: Du zitterst ja wie Schweinssülze.

Blasius: Ich schlage vor, wir zwei gehen heute gar nicht ins Bett, wir bleiben hier und trinken, ich bin nämlich heute ausnahmsweise gar nicht müde.

Ritter: Das geht nicht – – ich muss vor 12 Uhr noch zu meiner Frau hinüber, die traut sich während der Geisterstunde nicht allein sein.

Blasius: Aha! – – die fürchtet sich also auch.

Ritter: Natürlich fürchtet sie sich, aber das ist ja auch ein Weib, Du bist aber ein Mann – – schäme Dich!

Blasius: Lieber schämen – – als fürchten.

Ritter: *(horcht)* pst! – – *(es schlägt 3/4 12 Uhr)* mein lieber Freund, ich muss Dich jetzt allein lassen – also sei tapfer – ich kann die Geisterstunde leider nicht abschaffen, die existiert schon solange die Welt besteht – morgen früh kommst Du zu mir und erzählst mir, was los war, oder ich komme zu Dir herüber – also – Gute Nacht – – Blasius, angenehme Ruhe.

Blasius: *(zitternd)* Gute Nacht – ich habe mehr Schiss als Angst. *(Blasius zieht Rock und Weste aus bis auf die Hosen, setzt sich in den Lehnsessel, deckt sich mit einer Decke zu, da schlägt es 12 Uhr. Schon fängt es zu klopfen an, das Fenster springt von selber auf, durch das Fenster zeigt sich eine helle Mondnacht. Allerlei Geisterlärm; einige Fledermäuse fliegen vor dem Fenster herum. Von der Ferne Krähen- und Eulengeschrei. Die Stiefel des Herrn Blasius laufen von allein zur Türe hin, die Gegenstände des Zimmers wackeln usw. Katzengeschrei und Hundeheulen hört man vom Burghof herauf und lassen die Geisterstunde erkennen. Plötzlich erscheint die Ahnfrau im weissen Hemd und weissem Schleier über das Gesicht. Zwischen ihr und Blasius entwickelt sich folgendes Gespräch)*:

Ahnfrau: *(Mit bebender Geisterstimme)* Wer – bist – Du?

Blasius: *(mit weinender ängstlicher Stimme)* Blasius Meier – und wer sind Sie, wenn ich mir die Frage erlauben darf?

Ahnfrau: Ich bin die Ahnfrau, Magdalena. Bist Du verheiratet?

Blasius: Nein, ich bin noch Junggeselle.

Ahnfrau: *Warum* bist Du noch Junggeselle.

Blasius: Ich habe noch nicht die richtige Frau gefunden.

Ahnfrau: Aber Du bist doch ein ganz strammer Mann, in den

besten Jahren, mit Dir könnte doch eine Frau ihr Glück machen.

Blasius: Schon möglich, aber ich bin so ängstlich und schüchtern und trau mir kein Mädchen frein.

Ahnfrau: Du musst Mut haben – ich werde Dir zu Deinem Glück verhelfen, ich habe nur sehr wenig Zeit, weil die Geisterstunde zu kurz ist, ich muss nämlich jede Nacht von 12 bis 1 Uhr alle Räume der Burg durchwandeln, wie das auf den Burgen so üblich ist.

Blasius: Liebe, sehr verehrte Ahnfrau Magdalena. Ich habe mir Sie ganz anders vorgestellt. Ich dachte die Ahnfrau sei so eine alte bucklige Hexe und nun sehe ich, dass Sie so ein lieber Geist sind und möchte gerne mit Ihnen noch ein wenig plaudern, bleiben Sie doch heute Nacht bei mir, damit ich nicht so allein bin.

Ahnfrau: Das geht leider nicht, weil ich morgen um 6 Uhr Sie wecken soll – *(erschrickt selbst)* – jessas na, jetzt hob i mi verschnappt – ich bin nämlich die Köchin vom Ritter Unkenstein.

Blasius: Wa - a – a – a – s?

Ahnfrau: Jetzt ist es schon gleich, jetzt sage ich Ihnen gleich alles, aber Sie dürfen dem Ritter Unkenstein, meinem Herrn, nichts sagen, von dem, was ich Ihnen gesagt habe.

Blasius: Hier mein Ehrenwort!

Köchin: Der Ritter ist vor ungefähr einer halben Stunde zu mir komma und hat g'sagt, ich bekomme von ihm a paar Kreuzer, wenn ich Ihnen als Ahnfrau erscheine – und was mir mein Herr eben anschafft, das muss ich tun.

Blasius: So – so – mein lieber Freund Unkenstein, Dir schwöre ich Rache, Du hast die längste Zeit eine Köchin gehabt.

Köchin: Was soll das heissen lieber Herr Blasius?

Blasius: Fräulein Magdalena, Sie kündigen heute Ihrem Ritter die Stellung und in baldiger Bälde hole ich Sie von Grünwald nach München und Sie werden meine Frau, aber nicht meine Ahnfrau, sondern meine richtige Frau, von jetzt ab sagen wir Du zueinander, Du bleibst jetzt bei mir, denn jetzt fürchte ich mich nicht mehr vor der Ahnfrau, sondern höchstens vor dem Ritter Unkenstein, wenn er seine Köchin bei mir herin findet.

Köchin: Das geht nicht, dass ich bei Dir bleibe, der Ritter würde mich totschlagen.

Blasius: Nein, er hat mir sogar gesagt, ich soll mit der Ahnfrau lieb und nett sein und das tue ich jetzt auch, ich mache jetzt den Vorhang zu und bin bis morgen Früh 6 Uhr lieb und nett zu Dir – – *Vorhang geht zu –. (Lautsprecher verkündet, dass der nächste Akt 5 Stunden später spielt) – (Zwischenmusik evtl. nur eine Nacht sollst Du mir gehöre[n] oder dergleichen).*

Darauffolgender ganz kurzer Akt!

RITTER: *(klopft Früh 1/2 7 Uhr an die Türe).*

BLASIUS: Herein! *(Die Türe öffnet sich).*

RITTER: *(Ist ganz entrüstet, als er seinen Freund und seine Köchin in dem Zimmer vorfindet, die Köchin hat ihr weisses Gewand umgehängt, wie in der Geisterstunde).* Was soll das heissen?

BLASIUS: Da bist Du selbst schuld Ritter Unkenstein, Du hast zu mir gesagt, ich soll mit der Ahnfrau lieb und nett sein – und das habe ich gemacht. Weil aber die Geisterstunde von 12–1 Uhr zu kurz war, hat sich die süsse Angelegenheit bis Früh 6 Uhr in die Länge gezogen.

RITTER: Ja – und?

KÖCHIN: *(mit niedergeschlagenen Augen).* Edler Ritter, Sie haben mir geheissen den Gast in nächtlicher Stunde zu erschrecken. Statt, dass dieser aber erschrocken ist, hat er sich in mich verliebt, und will mich als seine Gemahlin zum Altare führen.

RITTER: Und was mache ich ohne Köchin?

BLASIUS: Sehr einfach, Du gibst im V. B. eine Annonce auf: Zuverlässige Ahnfrau, die auch nebenbei gut kochen kann, gesucht. Ritter Unkenstein auf Burg Grünwald im Isartal. *(Vorhang zu).*

(Blasius und Magdalena stehen als Schlussbild eng umschlungen, einander süss anlächelnd beisammen und Ritter Unkenstein lehnt an der Zimmerwand und weint bitterlich, – ob seiner grossen Dummheit).

Auf der Burg, da gibts koa Sünd

Ritterkomödie von Karl Valentin – Okt. 1942

Personen: Ritter Unkenstein
Kunigunde (seine Tochter)
Agathe (des Ritters Gattin)
Heinerich, der Recke
Walburga, (die Köchin)

(spielt im Burgzimmer des Ritters Unkenstein auf Burg Grünwald im 15ten Jahrhundert)

KUNI: *(zu ihrem Vater)* Lieber Vater, ich kann es nicht mehr länger mit mir herumtragen, es muss endlich einmal heraus. Ich muss mir Luft machen – unser Recke Heinerich – – – ist – – – seit langer Zeit, sehr zutraulich und frech zu mir.

RITTER: Waas? Mein Recke Heinerich?

KUNI: Ja, der Recke Heinerich steigt mir nach.

RITTER: Ja, seit wann denn?

KUNI: Seit er bei uns im Dienst ist.

RITTER: *(nachdenklich)* – – Ja, – – der ist doch schon fast 20 Jahre bei uns auf der Burg! Und Du bist doch erst 30 Jahre alt; dann wäre er Dir ja schon nachgestiegen, als Du erst 10 Jahre warst.

KUNI: Das mag stimmen; nur habe ich es damals noch nicht erfasst – aber als ich 16 Jahre alt war, war mir alles verständlich.

RITTER: Ja, Du einfältige Gans, warum hast Du mir denn damals nichts davon gesagt?

KUNI: Lieber Vater, damals war ich doch noch so blutjung, da hätte ich mich doch vor Dir geschämt, solche Sachen zu sagen.

RITTER: So? – Aber vor ihm hast Du Dich, scheints, nicht geschämt?

KUNI: Vor ihm habe ich mich nicht geschämt. Er meinte es doch so gut mit mit. Er hatte mich doch so lieb und wollte mich heiraten.

RITTER: Waaaaaas? Des Ritters Unkenstein Töchterlein, Kunigunde, will einen gewöhnlichen Recken, einen Dienstknecht von mir heiraten? Das kann ich ja überhaupt nicht fassen; das kann doch nur ein Witz sein – ja, weiss denn das Deine Mutter schon, die hochedle Ritterin von Unkenstein, meine Gemahlin?

Kuni: Natürlich, die weiss es schon seit 20 Jahren.

Ritter: Waas? – – Ja, was sagt denn die zu diesem elenden Verführer, der schon so lange mit Dir ein heimliches Möchteltöchtel treibt?

Kuni: *(geheimnisvoll, im Flüsterton)* Die hat es Dir doch nicht sagen können, denn wenn sie Dir was gesagt hätte, dann hätte ich sie auch verraten, weil sie auch seit 20 Jahren mit ihm ein schmutziges Verhältnis hat.

Ritter: Waaas? – – – Hör ich recht, oder träume ich? – Meine Gattin hat mit meinem Recken Heinerich ein unreines Verhältnis? – Was heisst das?

Kuni: Sie ist vernarrt in ihn!

Ritter: In wem?

Kuni: In den Recken Heinerich.

Ritter: Ich bin per – plex!

Kuni: Sie ei-fert!

Ritter: Mit wem?

Kuni: Mit *mir*.

Ritter: Warum?

Kuni: Weil ich Heinerich liebe.

Ritter: Ja, da müsste doch ich mit dem Heinerich eifern, wenn der meine Gattin liebt. Da mache ich kurzen Prozess. Den Hund lasse ich morgen köpfen.

Kuni: *(stösst einen markerschütternden Schrei aus und sinkt ohnmächtig auf den Stuhl)*

Ritter: *(schreit seiner Gemahlin aus Leibeskräften)* Agathe, Agathe! Komm schnell zu Hilfe! Deine Tochter stirbt!

Agathe: *(kommt herbeigeeilt)* Was ist mit Kunigunde geschehen? Mein Kind!

Ritter: Es ist entsetzlich! Sie hat mir soeben verraten, sie hätte mit dem Recken Heinerich – meinem Dienstknecht – seit cirka 20 Jahren ein Liebesverhältnis. Es ist ja himmelschreiend. Ich hab ihr soeben verkündet, dass ich morgen früh 6 Uhr bei Sonnenaufgang diesen erbärmlichen Nebenbuhler köpfen lasse.

Agathe: *(stösst ebenfalls einen markerschütternden Schrei aus und fällt auch in Ohnmacht)*

RITTER: Hilfe! Hilfe! Meine Frau Gemahlin stirbt!

(Recke Heinerich eilt auf die Hilferufe herbei)

RECKE: *(erschrocken)* Was ist los? Edler Ritter? *(sieht die beiden Ohnmächtigen)* Um Gotteswillen! Was ist mit Kunigunde und mit der edlen Rittersfrau geschehen?

RITTER: Geschehen?? – Der Schleier des Geheimnisses ist gefallen – ich habe es soeben erfahren, dass Du erbärmlicher Hund mit diesen beiden hier ein Liebesverhältnis hast. Beruht das auf Wahrheit?

RECKE: Was heisst Liebesverhältnis? Ich war zu beiden lieb und nett und aus Dankbarkeit dafür haben mich die beiden nun bei Ihnen verraten.

RITTER: Du frecher Hund! – Morgen früh, vor Sonnenuntergang, muss Dein Haupt vom Richtblock herunterrollen.

RECKE: *(stösst einen Schrei aus und fällt ebenfalls ohnmächtig auf den Stuhl zurück)*

RITTER: *(schreit der Köchin)* Köchin! Walburga! Eile schnell herbei!

WALBURGA: *(erschrocken)* Was ist los, edler Ritter?

RITTER: Siehe da, diese drei! Sie liegen hier in Ohnmacht – meine Tochter – meine Gemahlin – und mein Recke Heinerich. Dieser Halunke hat mit meiner Tochter und mit meiner Gattin seit cirka 20 Jahren ein heimliches Liebesverhältnis betrieben. Und aus Strafe dafür lasse ich morgen früh seinen Kopf vom Rumpfe trennen.

WALBURGA: *(stösst ebenfalls einen markerschütternden Schrei aus und fällt auch in Ohnmacht)*

RITTER: Ahaaaa! – – Die Dritte im Bunde! Das ganze Burgpersonal liegt schuldbeladen und ohnmöchtig vor mir – – – nur einer ist noch auf der Burg – – – der Burgpfaff – – – ich trau mir ihn nicht zu holen – es lie[b]en schon genug Ohnmächtige um mich herum.

Die Ahnfrau

Scene in der Ritterspelunke
v. Karl Valentin 11. August 1939.

Die Uhr schlägt 12 Uhr Mitternacht – im Saal wird es finster, durch den Lautsprecher fängt der Sturm an zu heulen – dazwischen mischt sich Krähengeschrei und Katzenkonzert etc.
Schlag 12 Uhr erscheint die Ahnfrau in weisser Schleierumhüllung, die Körperform ist durch den Schleier zu erkennen. Mit einer brennenden Kerze und mit blassgeschminktem Antlitz, schwarzen Augenhöhlen betritt sie (auf weichen Gummisohlen gehend) das Podium. Zu der ganzen Scene spielt das Harmonium »Morgenstimmung« aus Peer Gynt, oder irgend eine schauerliche Musik, gemischt mit Sturmwind. – – – –

([Monolog] der Ahnfrau:) Gestatten Sie, dass ich mich vorstelle: Mein Name ist Walburga Wrdlbrmpft, geborene Rembremerdeng. Ich war früher ein Mensch und jetzt bin ich ein Geist. Ich spucke seit Jahrhunderten hier in diesem alten Keller herum; aber ich spucke nicht auf den Boden denn ich bin keine Sau, sondern wie gesagt: ein Geist. Allnächtlich zur Mitternachtsstunde steige ich aus meinen Gemächern und wandle hier herum. Die ersten hundert Jahr' hat mir dös ganz gut g'fall'n; aber jetzt werd's schö stad fad. Mir Geister haben nur das eine Schöne, dass wir keine leibliche Nahrung zu uns nehmen. Wir sind ja nur Erscheinungen; deshalb brauchen wir Gespenster auch keine Nahrung mehr. Wir Geister und Gespenster essen und trinken nichts, drum müssen wir auch nie hinaus – wir sind vollständig stubenrein. Wir Geister gehören eigentlich zum lichtscheuen Gesindel und treiben uns nur in der Nacht im Finstern herum, deshalb passen wir auch so gut in die Jetztzeit. Mein Mann selig war halbedler Ritter, aber trotzdem ein grosser Sauhund –. Ich habe viel mitgemacht mit ihm – er mit mir auch, das muss ich schon sagen; – Hier im Färbergraben 33 an demselben Platz, gleich nach der Gründung Münchens im 11. Jahrhundert, da stand eine Burg – dieselbe war nicht sturmfrei, denn sie stand ganz einsam da, als

eines der ersten Häuser in München im Färbergraben. Nur die Burg Herzog Josef des Wamperten stand am Ufer der Isar, da wo sich heute das Müller'sche Volksbad befindet. In dieser Burg, des Herzog Josef des Wamperten war mein Mann Hausmeister und ich war Zugeherin. In der Burg des Herzogs gab es viel Arbeit – der Herzog war ein lieber Mann, ich hatte ihn sehr gerne, gerner vielleicht, als ihn seine Frau hatte, aber sie wusste nichts davon, aber ich wusste es; dass die Frau Herzogin meinen Mann auch gern hatte. Dieser gemeine Hund hatte ein Möchteltöchtel mit der Frau Herzogin. Den beiderseitigen schmutzigen Verhältnissen zwischen der Herzogin, meinem Mann und dem Herzog und mir entsprossen eine Menge unehelicher Sprossen, was ich erst nach dem Tode meines geliebten Mannes, dieses Schlawinera erfahren habe. Dem Herzog kam das zu Ohren, denn er hatte solche und liess meinen Mann wegen fortgesetzter Nebenbuhlerei in den Hungerturm werfen, was er auch verdient hatte und später liess er ihn sogar aufhängen. Und zwar am Freitag den 16. Mai im Jahre elfhundertelfundsechzig. Meine Hinrichtung, ebenfalls wegen Nebenbuhlerei, fand 4 Wochen später auf demselben Galgen statt. Wir hauchten unsere Seelen aus und verwandelten uns in Geister. Seit dem 11. Jahrhundert spucken wir nun jeden Tag zur nächtlichen Zeit hier herum, aber nur ich allein. Wo der Sauhund spuckt weiss ich nicht, ich habe ihn in diesen 800 Jahren noch nicht einmal gesehen und hätt' ihm soviel zu sagen, dem Bazi, dem schlechten.
(Schaut auf ihre Uhr) Schon so spät? Nun muss ich wieder verschwinden, ich ziehe mich wieder in meine Gemächer zurück. Also Servus! Auf Wiedersehen!

Schluss!

Ritterg'stanzeln

Rittersmänner lasst die Becher klingen
Heute wollen wir das Glück besingen
Heute woll'n wir alle lustig sein,
Hoch lebe unser Enkelein.

2

Und der Ritter drunt von Eulenbach
hat mit seiner Gattin öfters einen Krach
Sie ist ein Mistvieh ein ganz derfeist's
Mit dem Wei' hat der Mo sei Kreuz.

3

Und der Ritter von Oberdiessen
dem is neulich s' Papier zerissen
hat er sich mit die Finger einig'langt
da hat er sie g'schamt.

4

Und der Ritter von Hahnenspiess
der hat den Wolf zwischen die Füss
sitzt er mit'm Wolf auf dem Ross
san d'Schmerzen sehr gross.

5

Und der Ritter von Berg am Laim
der geht a Zeitlang nimma hoam
zu seiner Frau kommen öfters Herren
und da will er net stör'n.

6

Und der Ritter von Gräfelfing
dem sei Frau is a gspassig's Ding
alle 4 Wochen macht's a grandig's G'sicht
ja da geht's halt a mal nicht.

7

Und der Ritter von Freising drunt
is a ganz gspassiger Hund
sieht er ein Mädchen gehn
bleibens alle zwoa stehn.

8

Und der Ritter von Oberleutstetten
tut sich mit a andern rumfretten
er sagt er is so gwohnt
dass er die Frau dabei schont.

Hinter jedem Vers singt der Chor:
⁄. Holaradio – holaradio, s' Dearndl steht knieweit da ⁄.

Ich bin der Ritter Unkenstein

Rittergstanzln von Karl Valentin – Oktober 1942

Ich bin der Ritter Unkenstein – zwilli – willi – wum – bum – bum
Ich möchte auch kein andrer sein – zwilli – willi – wum – bum – bum
Kömmt mir etwas der Kreuz und Quer
Zerfetz ich alles um mich her.

(Zwischenspiel)

Ich habe eine Kampfnatur – zwilli – willi wum – bum – bum
Von Angst, da hab ich keine Spur – zwilli – willi – wum – bum – bum.
Je mehr ich Feinde hab dahier,
Ja desto lieber ist es mir.

(Zwischenspiel)

Auf meiner Burg muss Ordnung sein – zwilli – willi – wum – bum – bum
Dort hab ich auch ein Töchterlein – zwilli – willi – wum – bum – bum

Und kommen Freier zu ihr rauf,
Die spiess ich mit dem Schwerte auf.

(Zwischenspiel)

Ich fürcht mich nicht vor Ach und Weh – zwilli–willi–wum–bum–bum
Glaubn S', dass ich zu an Zahnarzt geh – zwilli–willi–wum–bum–bum
Mit einer Beisszang, sehn Sie an, *(zeigt einen grossen Schweinszahn)*
Riss ich mir gestern diesen Zahn.

(Zwischenspiel)

Der Gerichtsvollzieher kam zu mir – zwilli–willi–wum–bum–bum
Mit kleinen Wapperln aus Papier – zwilli–willi-wum-bumbum
Ich brach ihn in der Mitt entzwei,
Aus war die Wapperlpapperei.

(Zwischenspiel)

Ich fürchte gar nichts um mich her – zwilli–willi–wum–bum–bum
Ich fürchte nicht des Feindes Heer – zwilli–willi–wum–bum–bum
Nur wenn die Schwiegermutter spricht,
Lauf ich davon – ich feiger Wicht.

(Zwischenspiel)

(Die 2 letzten Zeilen singt der Ritter ganz furchtsam und zitternd und verschwindet ganz ängstlich von der Bühne)

Eine Schlamperei

Schauerliche Ritterkomödie v. Karl Valentin – Oktober 42

Spielt in München – im Jahre 1700 – in einem Gefängnishof

FEMRICHTER: *(zum Scharfrichtergehilfen)*
Schleppe den Delinquenten herbei!
(Der Henkersknecht bringt den Delinquenten und gibt ihm Anweisung, dass er sich vor dem auf der Bühne stehenden Richt-

pflock hinknien soll – der Delinquent kniet sich hin, die Hände hat er schon auf dem Rücken gefesselt.)

FEMRICHTER: *(liest aus der Gerichtsurkunde heraus)* Ich gebe dem armen Sünder kund und zu wissen, dass der Herzog alleruntertänigst das Gnadengesuch abgelehnt hat und dessenthalben die Todesstrafe an dem Delinquenten sogleich zu vollziehen ist. Nepomuk Hachinger, Dienstknecht dahier, 33 Jahre alt, wird heute wegen Wegelagerei und sonstigen Räubereien mit dem Beil vom Leben zum Tode befördert. – Das peinliche Gericht stellt an den Verurteilten noch die letzte Frage, ob er noch einen Wunsch habe. Der letzte Wunsch wird ihm erfüllt. Jawohl!

DELINQUENT: Mein letzter Wunsch ist, dass man mir die Augen nicht verbindet, weil ich bei meiner Hinrichtung zuschauen möchte.

FEMRICHTER: Na, na – diesen eigenartigen Wunsch kann ich Ihnen leider nicht erfüllen.

DELINQUENT: Bitte! Sie haben soeben vor zwei Zeugen gesagt, mein letzter Wunsch wird mir erfüllt und das *ist* mein letzter Wunsch, dass ich dem Tode ins Auge schaue. – Ich bin kein Feigling! – Ausserdem war es schon längst mein Wunsch, einer Hinrichtung beizuwohnen. Und da habe ich jetzt die beste Gelegenheit.

FEMRICHTER: Wünschen Sie sich das ja nicht! Das ist etwas so Grausiges, das würden Sie Ihr ganzes Leben lang nicht vergessen.

DELINQUENT: Na, gar so lang wird das Leben nach meiner Hinrichtung nicht mehr dauern! – Oder meinen Sie das ewige Leben?

FEMRICHTER: Stellen Sie mir nicht solche Fragen, die ich nicht beantworten kann. – Jedenfalls kann ich nicht gestatten, dass Sie als Delinquent zugleich Zuschauer sein dürfen. *(Zum Scharfrichtergehilfen gewendet)* Binde ihm die Binde um!

SCHARFRICHTERGEHILFE: Befehl vollzogen! *(Bindet ihm die Augen zu)*

FEMRICHTER: *(zum Scharfrichter, der von Anfang an mit verschränkten Armen und hochgehobenem Kopf unbeweglich neben dem Richtpflock steht.)* Und wenn das arme Sünderglöcklein ertönt – und wenn ich den Stab breche, so erhebe Dein Beil und amte Deines Waltes. Ah – Verzeihung! Und walte Deines Amtes.

DELINQUENT: *(lacht laut, weil sich der Femrichter versprochen hat)*

Femrichter: Es ist pietätlos von Ihnen, eine Sekunde vor Ihrem Tode noch zu lachen.

Delinquent: Aber hoher Gerichtshof, das Sprichwort heisst doch: Wer zuletzt lacht, lacht am besten!

Femrichter: Du wirst bald ausgelacht haben! *(Zum Scharfrichter)* Was ist los? Trenne dem frechen Gesellen den Kopf vom Rumpfe.

Scharfrichter: *(zu Richter)* Der Gehilfe ist noch nicht da, ich habe ihm befohlen, das Beil zu holen – er bleibt solange aus.

Scharfrichtergehilfe: *(eilt hastig und aufgeregt auf die Bühne und flüstert dem Scharfrichter ins Ohr)* Das ist doch eine Schlamperei!

Femrichter: Was ist los?

Scharfrichter: Der Gehilfe findet das Beil nicht!

Femrichter: Ah! Ah! Ah! Das ist ja nicht zu glauben! Das ist ja eine furchtbare Schlamperei!

Scharfrichter: Bei der letzten Hinrichtung vor zwei Jahren hab ich's in die Kammer hineingetan und jetzt ist es nicht mehr da.

Femrichter: Aber soviel ich weiss, sind doch zwei Richtbeile da.

Scharfrichter: Wir haben schon zwei; aber das alte ist unmöglich. Das ist vollständig verrostet; da könnte der Geköpfte nach der Hinrichtung die schönste Infektion bekommen. Das wär eine riskante Sache!

Delinquent: *(ungeduldig)* Ja, wie lang muss ich denn jetzt noch warten? Mir tun schon die Knie weh von dem langen Kniegeln.

Femrichter: Stehen S' einstweilen auf, bis wir das Beil gefunden haben.

(Scharfrichtergehilfe nimmt dem Delinquenten die Augenbinde ab, macht ihm die Handfesseln los und bietet ihm einen Stuhl an)

Delinquent: Bin so frei! *(setzt sich auf den Stuhl)*

Femrichter: Das ist aber jetzt eine peinliche Sache! Sie entschuldigen schon, dass das gerade bei Ihnen vorkommen muss!

Delinquent: Kann ma nix machen! Schicksal!

Scharfrichtergehilfe: *(kommt aufgeregt herein)* Ich hab jetzt überall rumgesuacht, ich kann das Beil nicht finden!

Femrichter: *(zum Delinquenten)* Des is aber wirklich a grosse Schlamperei! So was soll wirklich nicht vorkommen!

Delinquent: Dös is noch lang net das Schlimmste – wenn das Beil net da is. Viel peinlicher wär's, wenn ich mein' Kopf net dabei hätt!

FEMRICHTER: Ich verstehe nicht, dass Sie in dieser traurigen Situation noch Witze machen!

DELINQUENT: Ja, Herr Femrichter, das ist der richtige Galgenhumor!

FEMRICHTER: Galgenhumor! – Ah! – Jetzt bringen Sie mich auf eine gute Idee! Wenn wir Sie schon nicht köpfen können, weil das Beil nicht zu finden ist, so hängen wir Sie auf den Galgen.

DELINQUENT: Ausgeschlossen! In meinem Urteil hab ich es schwarz auf weiss, Enthauptung. Ich bestehe darauf, dass ich geköpft werde und zwar sofort. Jetzt bin ich schon amal da und Abschied hab ich auch schon gnommen von meine Angehörigen – also los!! Runter mitn Kopf! Scheissts net so lang rum!

FEMRICHTER: Wie man nur so eigensinnig sein kann!

DELINQUENT: Wenn Ihr schon so gschlampert seid und Euer Beil net findt', dös wo die Hauptsach is von der Hinrichtung, dann kann auch ich eigensinnig sein.

FEMRICHTER: Aber es gibt einen Ausweg! Wir können doch die Hinrichtung auf 8 Tage verschieben – in acht Tagen wird das Beil doch in Gottes Namen zum Vorschein kommen.

DELINQUENT: *(sich besinnend)* Wissen S' was, Herr Femrichter, was heisst meine Hinrichtung auf acht Tage verschieben? Wenn Sie mich überhaupt nicht köpfen und schenken mir wieder die Freiheit, dann sag ich niemanden etwas von der Schlamperei mit dem verlorenen Beil.

FEMRICHTER: *(besinnt sich)* Also gut! – – Schaun S', dass Sü weiterkomma – Aber! – – – 's Maul halten!

Eine Hinrichtungsszene

(Eine unveröffentlichte kleine Szenenskizze von Karl Valentin)

(Diese sollte in Valentin's ehemaliger Ritterspelunke als da capo angehängt werden)
Unter dem Läuten des Armensünderglöckleins, wird der Deliquent zum Schaffott geführt. Die beiden Richter (vermummt) nehmen am Gerichtstisch Platz. (Kerzen brennen) –

DER HOHE GERICHTSHOF: »Im Namen des Gesetzes ist an dem Deliquenten das Todesurteil durch das Fallbeil zu vollstrecken. Herr Scharfrichter, walten Sie ihres Amtes.«

(Dem blassgeschminkten, zitternden Deliquenten, mit angstvoll weit aufgerissenen Augen, wird eine schwarze Binde vor die Augen gebunden; er wird aufgeschnallt und umgekippt – da flüstert er dem Scharfrichter noch mit letzter Kraft die leisen Worte zu:)

DELIQUENT: »Ich bin ja so furchtbar empfindlich!«

(Der Scharfrichter meldet dies amtseifrig dem Richter):

SCHARFRICHTER: *zu Richter* »Hoher Gerichtshof! Der Deliquent sagte mir soeben, dass er so furchtbar empfindlich sei.«

STAATSANWALT oder RICHTER: »So? Empfindlich ist er? Ja.... dann allerdings muss man etwas Rücksicht nehmen. – Schnallen Sie ihn sofort herunter und führen Sie ihn wieder zurück in seine Zelle! – Meine verehrten Zeugen! Wegen Ueberempfindlichkeit des Deliquenten kann die Hinrichtung nicht stattfinden. Ich bitte Sie deshalb, die Richtstätte sofort zu verlassen.

(Der Deliquent nimmt selbst die Binde von seinen Augen – lacht befreit und spricht:)

DELIQUENT: Jetzt is' mir wieder wohler! *(wird abgeführt)**

* Im Nachlaß der Valentin-Tochter Bertl überliefert.

NACHWORT

Die Erinnerung an die sogenannte gute alte Zeit gehört zu den typischen Versatzstücken der populären Gattungen der Literatur. Der nostalgische Rückblick findet sich zuhauf in den Unterhaltungsromanen sowie in den vergnüglichen Szenen des Volkstheaters. Dabei wird die Illusion erweckt, in vergangenen Zeiten wäre die Welt besser, harmonischer oder gütiger gewesen, nur die Gegenwart sei geprägt von Zerrissenheit und voll von Zwist und Problemen. Diese Fluchten in die Vergangenheit verschaffen dem Publikum eine gewisse Entlastung, indem sie für einige Stunden die bedrängende Gegenwart vergessen lassen. Daß die Verklärung der Geschichte oder die Idylle einer früheren Zeit den Tatsachen nicht standhalten, tut den literarischen Nostalgien keinen Abbruch, denn man sucht in ihnen zuerst die Ablenkung und nicht die kritische Einstellung. Das Publikum läßt sich bereitwillig täuschen; es will und braucht die Illusion. Der Scherz läßt zudem manche Ungereimtheit im Leben erträglicher erscheinen. Karl Valentins Ritterszenen arbeiten an solch einer vergnüglichen Abwehr der Gegenwart mit. So spielt die »historische Gaudi« *Raubritter vor München* ausdrücklich »in der guten alten Zeit«. Und das Rittercouplet oder der »Rittersong« – wie Karl Valentin diese Gattung auch nennt – zielt in dieselbe Richtung, wobei die Einbeziehung der Zuschauer erfolgt, die beim Refrain zum Mitsingen aktiviert werden. Anspielungen auf aktuelle Ereignisse variieren oder erweitern die Ritterverse und schaffen abermals eine Distanz zur Gegenwart. Die gute alte Zeit ist für Valentin weitgehend identisch mit der Prinzregentenzeit, auf die er immer wieder zu sprechen kommt. Jene Epoche hat ihren Namen vom Prinzregenten Luitpold, dem Onkel Ludwigs II., der von 1886 bis zu seinem Tode 1912 die Regentschaft ausübte.

Die satirische oder groteske Behandlung des Rittertums läßt sich literaturgeschichtlich zurückverfolgen bis zu Cervantes. Mit dessen Roman *Don Quichotte* (1605–1615) beginnt die neuzeitliche, die moderne Literatur. Die Ritterwelt zuvor war der Inbegriff eines Tugendideals, das beispielsweise in Artus und seiner Tafelrunde verkörpert wurde. Die ideale Ritterlichkeit mit ihrem Tugendkatalog war gleicherweise ein soziales Wertesystem wie der Ausdruck einer bestimmten historischen Lebensform. Werte wie Treue, Stetigkeit, Milde oder Erbarmen waren die Normen, an denen sich der Ritter auf seinen Abenteuerfahrten zu bewähren hatte. Als Einzelkämpfer stieß der Ritter unmittelbar auf seinen Gegner; er war nicht eingereiht in eine Phalanx oder eine geschlossene Heeresformation, die ihre Befehle von außen erhält. Diese Direktheit im Kampf ließ ein eigenes Ethos entstehen, das moderne Strategien mit dem Aufkommen der Feuerwaffen wieder abgeschafft haben. Die ritterliche Kampfweise mit Schwert oder Lanze, den Trutzwaffen, Mann gegen Mann wurde durch die moderne technische Produktion der Salve, das kollektive, wahllose Schießen auf alle, abgelöst. Aus dem ritterlichen Zweikampf wurde so die militärische Vernichtung des anonymen Gegners, die ihren Erfolg quantitativ mißt. Ritterliches Verhalten geriet damit zu einer historischen Erinnerung oder zu einer Frage der gesellschaftlichen Konvenienz.

Bei Karl Valentin führen sich die Ritter – ganz anachronistisch – wie Soldaten auf, die entindividualisiert in eine Militärmaschinerie integriert sind und bloß noch eine geballte Vernichtungsenergie darstellen. Dieser Anachronismus macht satirisch auf die Veränderungen in der militärischen Organisation aufmerksam, die seit dem 17. und 18. Jahrhundert eingetreten sind. Dazu zählt insbesondere die Aufteilung in Befehlsgewalt und ausführende Organe, gewissermaßen die Vorwegnahme der industriellen Arbeitsteilung. Schließlich hält eine abstrakte Disziplin den militärischen Kollektivkörper zusammen und garantiert seine Schlagkraft. Die Militärsatire zielt seither zwangsläufig auf die Befehlsgewalt und auf die Disziplinarmaßnahmen.

In Johann Nestroys Hebbel-Parodie *Judith und Holofernes* (1849) tritt Joab, der Gegenspieler von Holofernes, mit einem pazifistischen Couplet auf: »Unsre Waffen sind nicht Luxus bloß, wie mancher meint, / Wir müssen doch was hab'n, was wir strecken vor'n Feind.« Das Exerzieren der Bürger gerät in diesem Stück zur Militärsatire; voll subversiven Witzes ist die 17. Szene eine Miniatur-Schwejkiade. Militärische Hierarchien und Befehle werden unterlaufen und durch ein einziges Wort lächerlich gemacht. Auf Assads Kommando »Marsch!« fragt Hosea »Wohin?«.

Ritterliches oder gar Soldatisches von Karl Valentin ist unausweichlich etwas Komisches. Wie bei Nestroy so werden auch bei ihm Hierarchien untergraben und Autoritäten in ihrer Scheinhaftigkeit entlarvt. Das mehrfache willkürliche Herausläuten der Wache in den *Raubrittern* zeigt überdies die leere Mechanik von Befehlsritualen. Im selben Stück werden amtliche Bekanntmachungen »eigenhändig vorgelesen«. Im *Ritter Unkenstein* herrscht geradezu ein ›Befehlsnotstand‹, wenn Heinrich die Anweisung Unkensteins wiederholen soll:

»HEINRICH: Wiederholen? ... was soll ich wiederholen ... i hab ja noch nix g'holt!

UNKENSTEIN: Meinen Befehl sollst du wiederholen, den ich dir eben gegeben habe.

HEINRICH: *(suchend)* Mir hab'ns an Befehl geb'n ... wo hab i denn den hingelegt?«

Einen direkten Zeitbezug hat *Musterung in alter Zeit*, 1942 geschrieben, wenige Monate vor der Schlacht von Stalingrad. Das ansteckende Gähnen bei der Musterung, die allgemeine Untauglichkeit zum Krieg lief durchaus auf eine Schwächung, auf eine »Zersetzung der Wehrkraft«, wie es damals im offiziellen Jargon hieß, hinaus. Dem Satiriker Valentin war das ganze Kriegshandwerk stets zuwider gewesen.

Auf eine weitere Parallele zu Nestroy sei eigens noch verwiesen. In der Szene *Hinrichtung von Ritter Lenz* wird ein »falscher Kopf«, ein Pappkopf, verwendet. In der Regieanweisung hat Valentin ausführlich dieses theatralische Hilfmittel beschrieben. Ein Pappkopf spielt auch in der schon erwähnten Hebbel-Parodie Nestroys eine zentrale Rolle. Wenn Judith Holofernes köpfen will, dann hat der Feldherr bei Nestroy bereits vorgebeugt: Er legt sein Schwert vor Judith (in ihrer Maske tritt sein Gegenspieler Joab auf) auf den Tisch und bezeichnet die Stelle, wo er mit dem Kopf zu liegen kommen wird. Ein Kämmerer hat dort den täuschend ähnlichen Pappkopf hingelegt. Judith (Joab) tritt mit dem Schwert in das Schlafgemach und erscheint mit der Trophäe, dem Pappkopf, wieder, von Holofernes aus einem Versteck belauscht. Judith (Joab) zeigt den Assyrern das abgeschlagene Haupt ihres Feldherrn, was diese in Angst und Schrecken versetzt und in die Flucht schlägt. Holofernes hat sich also selbst überlistet, denn *kopflos* flieht nun seine Armee. Dieses Requisit gehört zur Ausstattung des Wiener Volkstheaters und signalisiert, daß die Welt nur vor einer Attrappe gezittert hat. Der

Gummistrick, der Kunigunde rettet, läßt sich ebenfalls zu den typischen Requisiten des Volkstheaters zählen.

Als Cervantes an den *Don Quichotte* ging, plante er ursprünglich eine Satire auf die Ritterromane der Zeit. Doch aus dem Konzept um den Ritter von der traurigen Gestalt und seinen Knappen Sancho Pansa wurde viel mehr: der erste große Roman der modernen Weltliteratur. Don Quichotte lebt in einer Traumwelt voller Ritterherrlichkeit. Seinem weltfremden Idealismus steht in Sancho Pansa das Realitätsprinzip und die praktische Vernunft gegenüber. Allein schon äußerlich verkörpert der eine die dürren idealistischen Hirngespinste, der andere einen bodenständigen Materialismus. Eine Besonderheit des literarischen Verfahrens Cervantes' ist das der ästhetischen Fiktionalisierung. Dies bedeutet: Die Ritterwelt ist historisch bereits überholt, allein Don Quichotte glaubt, noch in ihr zu leben. Das, was einst richtig und wahr gewesen ist, hat nun keine Verbindlichkeit mehr in der neuen Welt. Anders ausgedrückt: Was einst in der Praxis gut und in der Theorie richtig gewesen ist, hat mit dem Niedergang des Rittertums seine Gültigkeit verloren. Damit wird es nun frei verfügbar für die ästhetische Verwendung. Diesen Prozeß vollzieht u. a. der Roman von Cervantes, der damit ein Modell für die Literarisierung abgelebter theoretischer und praktischer Bedeutungen abgibt. Das Rittertum wurde deshalb immer wieder, bis in die Romantik, zum ästhetischen Spielmaterial.

Eine Wiederkehr des Ritters von der traurigen Gestalt und seines Knappen Sancho Pansa, ihre Wiedergeburt scheinen Karl Valentin und Liesl Karlstadt zu sein. Denn in ihrem Verhältnis wiederholt sich der Widerspruch von abgehobener Verquertheit und praktischer Vernunft, von Verbohrtheit und Klarheit. Valentins Donquichotterien provozieren keine Kämpfe mit Windmühlen und Zauberern, sondern sind ein Anrennen gegen die Verhexungen der Sprache. Sein Schlachtfeld ist die Grammatik, in die er sich mit aller Kraft vertieft und verbohrt. Sein ritterliches Tugendideal ist das einer klaren und präzisen Sprache.

Ein paar Stellen aus vorliegenden Rittertexten sollen Karl Valentins kritischen Sprachwitz verdeutlichen. Zuerst eine Dialogsequenz aus den *Raubrittern*:

»Michl: Ja soll i da mei Trommel mitnehmen oder soll ich's da lassen?

BENE: Entweder Du nimmst es mit, oder Du lasst es da, keinen goldenen Mittelweg gibts da net.
MICHL: Soll ich's na mitnehmen?
BENE: Ja –
MICHL: oder soll ich's da lassen?
BENE: Dös is doch wurscht, jetzt nimmst as z'erst mit und dann lasst as da.
MICHL: Aaa, dann lass ichs schon lieber glei da, dann brauch ich's überhaupt nicht mitnehmen.«

Streng logisch – nach dem Entweder-Oder, einen Mittelweg, ein Tertium gibt es nicht – argumentieren die beiden Wachposten, bis die ganzen Schlußfolgerungen in einer Banalität kulminieren und die logische Kette zerreißt.

Ein Beispiel für das Unzusammenhängende in den Reden der Nachfahren des braven Soldaten Schwejk:

»AKTUAR: Aber was hat denn der Wurm mit den Raubrittern zu tun?
BENE: Ah, nichts.«

Diese Einsicht erfolgt, nachdem Bene in seiner Schilderung der Raubrittergreuel eine ganze Serie von (absurden) Zusammenhängen hergestellt hat: »Ja und der Sturmwind hat g'heult vor lauter Schmerzen [...] und das Feuer hat gebrunst und der Himmel war blutgrün und der König Herodes war draussen mit den sieben Geisslein.«

Das Wörtlichnehmen einer Rede erzeugt vielfach die Sprachkomik bei Valentin, so z. B. wenn der Recke Heinrich auf Unkensteins Frage »Ja bin ich von Sinnen?« mit einem »Nein von Grünwald!« antwortet.

Fürchten würde sich der Bene vor den Raubrittern nicht, es sei denn, »sie täten kommen, dann schon!« Ähnlich äußert sich Heinrich: »Ich kenne keine Furcht, es sei denn ich bekäme Angst.« Von ihm stammt auch folgendes Wortspiel: »Ja ich hab schon g'späht, aber es war schon z'späht zum spähn, drum hab i nix mehr erspäht... aber da herin hab i was erspäht!« Makaber wird sein Humor, wenn es um seine tote Frau geht:

»KUNIGUNDE: Aber Heinrich!... Deine Frau ist doch schon tot!!!
HEINRICH: Was... mei Frau?.. Na...!
KUNIGUNDE: Doch Heinrich! schon seit zehn Jahren ist Deine Frau tot!

HEINRICH: Was! mei Frau ist tot? ... ja dass die mir nie was g'sagt hat davon? Drum hab i de schon so lang nimmer g'sehn...«

Einem Schildbürgerstreich gleicht die Verpflegung des Ritter Lenz im Hungerturm, die folgendermaßen begründet wird: »Wenn er nichts zu essen hätt, dann stürb er ja und wenn er gestorben wäre – dann könnte er ja nicht mehr hungern. Was tät er dann noch im Hungerturm?«

Die Figuren fallen zuweilen aus ihrer Rolle, so Unkenstein, wenn er bezüglich seiner Tochter, die ein uneheliches Kind erwartet, ankündigt: »Im zweiten Akt lasse ich sie hinrichten.« Grobianismen und Grausamkeit, regelrechte Gewaltexzesse prägen die Ritterszenen Valentins. Am brutalsten ist der Schluß von Ritter Lenz, wo Heinrich den Streit zwischen Vater und Mutter um ihr Kind dadurch schlichten will, daß er das Kind mit dem Schwert halbiert und jedem der Elternteile eine Hälfte des Kindes gibt. Geköpfte laufen mit ihrem Kopf unter dem Arm auf der Bühne herum. Im *Unkenstein* werden alle Arten der Folter und des Schreckens aufgezählt, ein Pandämonium der Gewalt wird inszeniert. Friedrich Nietzsche hat in *Zur Genealogie der Moral* ausgeführt, wie es durch Gewalt zu einprägsamen Erlebnissen und Gedächtnisstiftungen in der Kultur kommt: »›Man brennt etwas ein, damit es im Gedächtnis bleibt: nur was nicht aufhört, *wehzutun*, bleibt im Gedächtnis‹ – das ist ein Hauptsatz aus der allerältesten (leider auch allerlängsten) Psychologie auf Erden. Man möchte selbst sagen, daß es überall, wo es jetzt noch auf Erden Feierlichkeit, Ernst, Geheimnis, düstere Farben im Leben von Mensch und Volk gibt, etwas von der Schrecklichkeit *nachwirkt*, mit der ehemals überall auf Erden versprochen, verpfändet, gelobt worden ist: die Vergangenheit, die längste tiefste härteste Vergangenheit, haucht uns an und quillt in uns herauf, wenn wir ›ernst‹ werden. Es ging niemals ohne Blut, Martern, Opfer ab, wenn der Mensch es nötig hielt, sich ein Gedächtnis zu machen; die schauerlichsten Opfer und Pfänder (wohin die Erstlingsopfer gehören), die widerlichsten Verstümmelungen (zum Beispiel die Kastrationen), die grausamsten Ritualformen aller religiösen Kulte (und alle Religionen sind auf dem untersten Grunde Systeme von Grausamkeiten) – alles das hat in jenem Instinkte seinen Ursprung, welcher im Schmerz das mächtigste Hilfsmittel der Mnemonik erriet.«

Die wohl witzigste Episode in den *Raubrittern* ist der sogenannte

Ententraum. Darin geht es um die Grenzen zwischen Wirklichkeit und Traum, Sein und Schein, Mensch und Tier. Bei der Frage nach unseren erkenntnismäßigen Gewißheiten ging Descartes von vergleichbaren Unterscheidungen aus, und in der fernöstlichen Literatur wird ähnliches im Schmetterlingsgleichnis überliefert.

Einen weiteren Schwerpunkt in Valentins Rittertexten bilden die Gespensterauftritte und Geisterszenen. Damit knüpft er wiederum an eine Tradition des Volkstheaters an. Ritter- und Gespensterstücke gehörten nach 1800 zum beliebten Genre der Trivialromantik. Aber auch bedeutende Dramen der deutschen Literatur wie etwa Heinrich von Kleists *Käthchen von Heilbronn*, das für das Wiener Volkstheater geschrieben wurde, stehen in diesem Kontext. Zur Zeit des Wiener Kongresses waren die blutrünstigen Ritter besonders im Theater in der Josefstadt gern gesehene Bühnenfiguren. Zu den Gespensterdramen des Wiener Volkstheaters gehörten gemäß barocker Theatertradition Geister, Dämonen, Zauberer und Feen. Diese agierten in einem Zwischenreich, einer Sphäre zwischen Diesseits und Jenseits. 1812–1814 wurde beispielsweise Schikaneders *Konrad Langbart von Friedburg oder der Burggeist* aufgeführt. Für die damalige Gespensterthematik ist der Einfluß der englischen Schauerromantik (Gothic Novel) festzustellen, vor allem Horace Walpoles *Castle of Otranto* (1764) und dessen Nachfolger Radcliffe, Lewis und Shelley. Matthew G. Lewis Schauerroman *Ambrosio, or The Monk* (1795) hat bis in E. T. A. Hoffmanns Roman *Elixiere des Teufels* weitergewirkt. Schließlich ist noch eigens das damals ebenfalls beliebte Schicksalsdrama zu erwähnen.

Die ästhetische Restauration der Schicksalstragödie durch Schiller in der *Braut von Messina* (1803) hatte eine wahre Flut von ähnlichen Stücken ausgelöst. Zacharias Werners *Der 24. Februar* oder Adolf Müllners *Der 29. Februar* und *Die Schuld* zählten wie Ernst Raupachs *Der Müller und sein Kind* – Karl Valentins Lieblingsstück überhaupt – zu dieser damaligen Modegattung, die alsbald auch eine ganze Reihe von Parodien (z. B. August von Platens *Verhängnisvolle Gabel*) provoziert hat. Für diese literarische Gattung ist seit der Romantik konstitutiv, daß das Schicksal als personifizierte Macht auftritt und Ereignisse hervorruft und vorausbestimmt, die zum Untergang einer Familie oder eines ganzen Geschlechts führen. Um dieses Zentralereignis gruppieren sich zumeist folgende Motivkomplexe: Geschlechterfluch, Blutschuld; Orakel, Träume und der Stand der Gestirne als Unheilsprophezeiungen; Verwandtenmord; Strafe bis ins späteste Geschlecht; Heimkehr eines Totgeglaubten und Nemesis, die ausgleichende Gerechtigkeit, als die obwaltende Göttin. Vielfach fungiert der Schicksalstopos aber lediglich als bloßes Requisit, das dämonische, schaurige oder geheimnisvolle Stimmungen hervorrufen soll, um das Gemüt des Zuschauers zu affizieren. Das Paradebeispiel eines solchen Schicksalsdramas ist Franz Grillparzers *Die Ahnfrau* (1817), auf die Valentin mit seinem gleichlautenden Text anspielt. Grillparzers Stück zählt zu den am meisten gespielten Dramen des 19. Jahrhunderts und hat dem Autor – was ihm gar nicht so recht war – eine ungeheure Popularität verschafft. In seinem Stück geht es um Vatermord, Inzest, Wiederkehr der schuldbeladenen Urmutter eines Geschlechts, eben der Ahnfrau. Dies ist jedoch nur der Vorwand, um die Krise der Figuren angesichts des Traditionsbruches zu reflektieren. Trotzdem wurde die *Ahnfrau* lediglich als ein fulminantes Gespensterspektakel rezipiert.

Ritter Unkenstein parodiert das bürgerliche Rührstück im Gewand eines Ritterschauspiels. Standesschranken, Anachronismen (Telefon), außereheliche Geburt, Romeo-und-Julia-Motiv (die Kinder der Todfeinde lieben sich) verbinden sich zu einer valentinesken Szenerie, die auf den Kalauer nicht verzichtet. Der Kalauer herrscht besonders in den Ritterg'stanzeln vor. Gstanzeln oder Schnadahüpfel sind derb-lustige Vierzeiler mit neckischem oder erotischem Inhalt, die stegreifartig nach einer bestimmten Melodie einzeln oder im Chor gesungen werden. Bei Valentin dominiert hier oft das Fäkalische oder kruder Lederhosensex; das obligatorische Schwiegermutterthema oder Impotenz werden nicht ausgelassen.

Die Hinrichtungsszenen demonstrieren nochmals die komische Entmachtung der Autorität und die humoristische Zerstäubung von Gewalt. Dies wird deutlich, wenn der Delinquent in *Eine Schlamperei* endlich einmal einer Hinrichtung beiwohnen kann. Er möchte sich nicht die Augen verbinden lassen, um den Vorgang seiner Exekution besser verfolgen zu können. Darauf der Femrichter: »Wünschen Sie sich das ja nicht! Das ist etwas so Grausiges, das würden Sie Ihr ganzes Leben lang nicht vergessen.«

In seinem Valentin-Buch *Philosophie am Mistbeet* (1969) berichtet der Regisseur Erich Engels: »Valentins Lieblingsstück hieß ›Die

Raubritter vor München‹. Begeistert erzählt er mir den Inhalt. Zwischendurch unterbrach er sich mit Ausrufen wie ›I sag's Eahna, des is gelungen!‹ Je mehr er mir von seinem Lieblingsstoff erzählte, desto herzlicher mußte ich lachen.«

Viele der Ritterspäße – die Rittertexte in vorliegender Ausgabe folgen den im Nachlaß überlieferten Fassungen – waren gedacht für Valentins ›Ritterspelunke‹ im Münchner Färbergraben. Nachdem er sein ›Panoptikum‹ 1935 wegen mangelnden Erfolgs schließen mußte, hatte er längere Zeit kein eigenes Juxmuseum. Am 18. Juni 1937 wurde dann sein neues Museum eröffnet. In der Hauszeitschrift »Karl Valentin-Nachrichten« lud er ein: »Karl Valentins Lachkeller ist umgezogen und befindet sich jetzt im Färbergraben 33. [...] Es ist nicht mehr das alte Panoptikum, sondern eine Neufassung dieser Schmunzel- und Gruselschau, die nicht ihresgleichen hat.« Im Juli 1939 erweiterte er das Lokal, so daß die ›Ritterspelunke‹ jetzt Panoptikum, die Kneipe und einen Theaterbetrieb, eine Spielstätte für seine Stücke, umfaßte. Bereits am 30. November 1940 kam das Ende. Wieder waren Valentins ehrgeizige Pläne als Theaterdirektor gescheitert.

Wie ein Kommentar zu seiner Laufbahn liest sich sein Artikel »Karl Valentin, als ›Ritter der Damische‹«, der hier abschließend zitiert wird:

»›Damischer Ritter‹ – Diese Titulatur geht zurück bis ins Ende des 18ten Jahrhunderts. – Wenn irgend jemand saudumm dahergeredet hat, dem hat man dann gesagt, ›Du bist a damischer Ritter‹. Das Wort damisch hat aber mit Damen gar nichts zu tun. Wenn in Norddeutschland jemand saudumm daherreden würde, (was allerdings noch nicht vorgekommen ist) so würde man sagen: ›Du dämlicher, oder du dussliger Ritter‹. Woher das Wort damisch eigentlich stammt, ist nicht zu erforschen. Damisch heisst soviel wie blöd. Ich bin z. B. in meinem Privatleben nicht blöd, nur im Beruf. Mit der Blödheit habe ich mir schon viel Geld verdient und erspart und durch den Staat 1922 habe ich das Geld auf blöde Weise wieder verloren (siehe Inflationszeit). Weil wir soeben von Blödsinn sprechen, eine kleine Episode!

Fräulein Liesl Karlstadt und ich gastierten in einem Münchner Variete. Ein Orchester Musiker – ein Posaunist – sagte zu mir in spitziger Weise: ›Sie haben es gut, Sie bekommen für ihren Blödsinn, den Sie dem Publikum eine halbe Stunde lang vormachen, soviel Geld, als ich den ganzen Monat‹. Ich sagte zu ihm: ›Bis heute existiert noch kein Gesetz, dass ein Musiker keinen Komiker machen darf.‹ – – Ich habe diesen Musiker nach einigen Jahren wieder gesehen, er bläst noch immer seine Posaune. Ja, ja, mit Blödsinn Geld verdienen ist nicht leicht.‹«

Helmut Bachmaier

Orthographie und Interpunktion wurden in der für Karl Valentin eigentümlichen Weise belassen; offensichtliche Tippfehler wurden bereinigt, Korrekturen durch eckige Klammern kenntlich gemacht.

Literaturhinweise

Helmut Bachmaier (Hrsg.), Kurzer Rede langer Sinn. Texte von und über Karl Valentin, München 1990.
Michael Glasmeier, Karl Valentin. Der Komiker und die Künste, München / Wien 1987.
Herbert Kraft, Das Schicksalsdrama, Tübingen 1974.
Heinz Schlaffer, Der Bürger als Held, Frankfurt / M. 1973.
Werner Sombart, Krieg und Kapitalismus, München / Leipzig 1913.